母親がエロラノベ大賞
受賞して人生詰んだ
ahaoya ga
ero-ranobe taisyou
jyusyou site jinsei tsunnda
せめて息子のラブコメにまざらないでください
霜《しも》村《むら》美《み》礼《れい》
実年齢と明らかにかけ離れた容姿をしており、言動の幼さもあってよく学生に間違われるが二児の母親。息子である春馬を溺愛しているが、彼女のマイペースさに息子は困惑気味……

「ハルくんについに恋人ができちゃったってことお⁉
イヤだぁ、イ〜ヤ〜だ〜ぁ、
私を捨てないでハルく〜〜〜〜ん‼」
美悠羽は険しい顔をし、
控えめながらも
睨みつけてきた。
頬を膨らませ、
おかんむりの様子だ。

「兄様が、同年代の女性と親しげにしているようなのです」
霜《しも》村《むら》美《み》悠《ゆ》羽《は》
霜村家の長女で、春馬の妹。お嬢様学校に通っており、美術部に所属している。品行方正・眉目秀麗、そして絵画の才能はピカイチと春馬にとっては自慢の妹なのだが……？

「そっちがうちに負けたら、
もう二度と、小説を書くな」
「俺が勝ったら——千里先生の次回作は、
家族愛をテーマにしてもらいます」
千《せん》里《り》
えびでんす
春馬が母親に代わりデビューすることになったレーベルの先輩作家で、意識高めの横文字を使いたがる合法ロリな女子大生。美礼が書いた小説の選考を担当したらしいが……？
霜《しも》村《むら》春《はる》馬《ま》
美礼の息子。作家を目指して何度も落選を重ねていたが、母親がエロラノベ大賞を受賞したことで人生の歯車が狂い「種付けプレス」のペンネームで母に代わって作家デビューする。

「そんな、ダメだよ霜村……
こんなのって……っ」
滝《たき》上《がみ》凜《りん》夏《か》
春馬のクラスメイト。美少女であることが災いし学内で浮いた存在になっていたところ"本"をきっかけに仲良くなった。素直になれない性格だが、以来春馬のことを気にかけている。

「ハルくんには普段からお世話になってるから、
いっぱい、いーっぱいご奉仕しちゃうね！
あ、オムライスのお絵かきは
私がやるので大丈夫ですぅー。
はぁい、ありがとうねー。
じゃあ見ててねハルくん！
ほらほら、何が描かれるでしょーか！
あ、ミスった!?
ちょ、これ、ケチャップで絵を描くの物凄く難しっ……
うわっ、お皿からはみ出ちゃったっ！
あー……、これ、うわぁ……。
で、でもね！
どんだけたくさんケチャップが掛かってても、
美味しくなる魔法を教えて貰ったの！
さあ、ハルくんも一緒にやろうね！
いっくぞぉ！　せーの、おいしくなーれ、
おいしくなーれ、萌え萌え☆きゅんっ」

Contents

母親がエロラノベ大賞受賞して人生詰んだ　せめて息子のラブコメにまざらないでください

Hahaoya ga ero-ranobe taisyou jyusyou site jinsei tsunnda

母親がエロラノベ大賞受賞して人生詰んだ
せめて息子のラブコメにまざらないでください

夏色青空

ファンタジア文庫

3048

口絵・本文イラスト　米白粕

母親がエロラノベ大賞受賞して人生詰んだ

せめて息子のラブコメにまざらないでください

前戯（※プロローグ）

『たーねーつけ！　たーねーつけ！』

　会場は熱気に満たされていた。地鳴りのような種付けコール。春先の空気を震わせ、いずれもオタク気質な観客たちは腕を振ってヴァイブする。

　腕章をした記者たちの姿も多数見受けられ、まばゆい星々のようにフラッシュが瞬《また》く。

　人々の視線の先、壇上では、キラキラと光り輝くクリスタルのトロフィーが授与されていた。

　その圧倒的な注目度と熱狂は、ここが業界最高峰の舞台であると、誇りを持って主張するかのようだ。

　しかし事実、ここは現在のラノベ界でも無上にして随一、新しき至宝の誕生を祝賀する場でもあった。

　オールジャンル小説新人賞――。

　ここ十年あまりで一気に業界トップに躍り出たオールジャンル・レーベルの公募新人賞

だ。その授賞式が行われていた。

毎年数千作の応募者から選び抜かれた受賞作は、いずれもクソ面白いと大好評で。

全部で十のジャンルごとに選考され、総額一千万円を受賞者たちで山分けするという大盤振る舞いは話題に尽きず、俺もいつかそこに名を連ねてやると、そう夢見た夜は数知れない。

だけど、まさか母親に先を越されてしまうとは――。

しかも、まさか、それが――。

『エロラノベ部門大賞、受賞おめでとー‼』

出版社のお偉いさんが大声で言祝《ことほ》いでくれて、その祝辞はマイクとスピーカーによって電気的に拡散され、会場中に響き渡る。

途端、うおおおおおおおお――、と会場の熱狂は最高潮に達し、大歓声が上がり、さらに激しく種付けコールが沸き上がった。記者たちのフラッシュで世界がホワイトアウトしてしまう。

そう、うちの母親が受賞してしまったのは、あろうことか官能小説だった。おまけに『あんな内容で』だ。絶望も絶望、死にたいという言葉すら生ぬるく、暗闇よりも深い真っ黒な無間地獄に落とされた心地になった。

まあ、億歩譲って、そこまでならまだ良かったかもしれない。母親と距離を置いて、他人のふりをすればいいだけだ。まったくの無関係を装《よそお》って生きていけばいいだけだ。

しかし残念ながら、そうもいかなくなった。

ステージ上に上がり、エッチなトロフィー（天辺《てっぺん》に精巧な美少女フィギュアが扇情的なポーズで腰掛けているヤバいやつ）を受け取ったのは、母親じゃなかった。

俺自身だ。

俺が、母親の代わりに、受賞者となってしまった——。

『それでは受賞の挨拶をお願いしまぁす』

司会者が満面の笑みで、そう告げてくる。俺に何か言えと。

——到底、受け入れがたい事実だ。信じられない現実だ。あり得ない真実だ。

俺はマイクの前に立つ。会場の視線が一身に集まってきて、緊張で吐き気がした。頭がおかしくなる。奇妙なテンションでトロフィーを掲げ、大声で叫ぶ。

『俺は！』

そう、俺は。

『童貞だあああああああああああああああああああああああああああ‼』

うおおおおおおおおおおおおおおおおお‼

……いや、自分でも何言ってんのかわからないんだけど。

もうなんか、何を言っても盛り上がる雰囲気で。

絶対こんなのおかしくて。

……どうしてこうなった。

第一章『前世で何かやっちゃって人生詰んだ』

「やめて、翔《しょう》ちゃん」

　叫ぶ。

「わたしたち、親子なのよ！」

「うるさい！」

　振り払うように腕を振り、少年は怒号を放った。

「血の繋《つな》がりがなんだって言うんだ。俺はずっと前から……ずっと前から、あんたのことが……」

「っ……」

　息を呑《の》む。

　許されぬ恋心に苦悩する少年の姿。じつの母の肢体を舐《な》めるように視姦《しかん》しながら、そんな自分を抑えようと我慢している。けれど、

「……来て」

「え？」

「来て、翔ちゃん！」

戸惑う少年に向けて、静香《しずか》はむしろ体を開いて見せた。

「……母さん？」

「いいの、翔ちゃん。わたし、あなたの気持ちにずっと前から気づいていた。でも見て見ぬふりをしてきた。だって許されない……許されないでしょ。息子の獣欲に、応えたい自分がいるだなんて！」

「か、母さんっ」

「そうよ翔ちゃん！　お母さん、もう我慢できない！　ずっとずっとあなたに抱かれたいと思っていた！　来て！　この衣服を破って！　死ぬほど乱暴にして！　好きにしていいのよ！」

うう、うう！

少年は懊悩《おうのう》するように身震いすると、次の瞬間、奇声を発し、野獣のように襲いかかってくる。

乱暴に衣服が剝ぎ取られ、静香の仄白《ほのじろ》い素肌が晒《さら》された。

静香にも恐怖はあった。けれど、これでいいのよ、と思う。

子どもを守るのが、親の役目だもの――。

静香は目を閉じ、我が子に身を任せた……。

「って読んでられっかアァ!!」

俺、霜村春馬《しもむらはるま》（十六歳、俺の人生の主人公）はその原稿を床に叩《たた》きつけた。

「がっつり近親相姦《そうかん》が始まってんじゃねえか！　なんでこんなもんを読まされなくちゃいけねえんだよ！　ふざけんな！」

「ハルくん、お行儀が悪いわよ。めっ」

めっ、じゃねえ！

「じつの母親が息子に近親相姦もの読ませるのはお行儀悪くねえんですかね⁉」

「まさか！　愛よ」

「これだって愛だわ！」

俺は拾い上げた原稿を、全力でゴミ箱に投げ捨てる。結構な枚数があったので音も派手だった。なにぶん夜九時過ぎという静かな時間帯ということもあって。

いやん、ヒドい、との抗議の声はまったく無視する。

「はあ……」

俺は椅子にケツを投げ出し、頭を抱えて盛大に溜息《ためいき》をついた。

正面のベッドにちょこんと腰かけているのは、霜村美礼《みれい》（実母）だ。

我が母ながら、外見はちょっとしたものだと思う。

清楚《せいそ》かつ可憐《かれん》。おっとり系の柔らかく温かい雰囲気を持つ一方、スタイル抜群で手足の長いモデル体型。童顔で肌に艶や張りがあり、未《いま》だ女子大生くらいに見られる。妖怪じみた若々しさを保っている美魔女、ということになるんですかね。

「それで……感想はどうだったかな、ハルくん？」

頬を染めて、きゃっ、とか言っちゃってる。

「目の前で原稿をゴミ箱に捨てられて、よくそんな反応ができるな」

「それは照れ隠しでしょ」

「違うわっ」

俺はゴミ箱に指さし、

「あんなん絶対続きなんて読みたくねえんだよ！　ゴミだゴミ！」

「えー、ゴミなんかじゃないよ」

美礼は不安げにしながら、

「少なくともたくさんの人に認められて……それで困ってるんじゃない」

「ぐっ……」

そうなのだ。認めたくない事実だったが……。

「もしかしてハルくん、嫉妬？」

「してねえよ！」

「そう？　なら良かった。ハルくんってずっと新人賞狙ってて、頑張ってたもんね。私が初めて書いた小説が一発で大賞になっちゃって……気にしてるのかと思ってたけど。ぜんぜん嫉妬してないなら良かった！」

全部言いやがってこいつ――。

心底からほっとして胸（巨大）を撫《な》で下《お》ろしている母に、俺は頬をぴくぴくしながらも無言を貫き通す。

けれど美礼は笑みを浮かべながら、

「ハルくんは何作くらい書いて、投稿してきたの？」

「いいだろ、何作でも」

「五本？　十本？」

三十本……。

俺は悔しさのあまり、音が立つほど歯噛《はが》みする。しかもそれだけ書きまくって、一本も一次予選すら突破できていないのだ。

「ハルくんはどこまでいったの？　最終選考は何回？　四次とか三次は？」

「だからいいだろ、俺の話は！」

「ハルくんはお母さんの子だもの、きっと毎回最終選考までは行くけど、いつもギリギリで、惜しかったのね。でも大丈夫、次はきっと受賞するわ！　ベストセラーになるわよ！お母さんが保証する！」

どんだけ傷口えぐってくるんだよ、こいつ――。

俺は顔を伏せ、こめかみをマッサージした。

それにしても、話が急展開すぎる。

普段と変わらなかった春先の夜、いきなり母親が部屋に来た。何やら深刻な表情で、大切な話があると切り出してきたと思ったら……。

「ほんとに、受賞したんだな」

「うん、もう一回確認してみる？」

美礼はスマホを見せてきた。

覗《のぞ》き込んで見ると、たしかに、編集部からの受賞連絡のメールだった。大賞おめでとうございます、電話で話したいが都合のいい時間はいつか、との催促に続いている。

すごい。受賞するとこんなのが来るのか。

「にしても、メールで連絡なのか。普通、電話で受賞の連絡が来るんじゃないのか」

ネット上の知識だがそう聞いた。

すると美礼は気まずそうに目を逸《そ》らして、

「あのね、電話はあったの。でもそこで間違っちゃって……」

「まちがう？」

「うん、怒らないで聞いてね、ハルくん」

「いや怒るけど」

イヤな予感しかしないし。

「怒らないで聞いてね、ハルくん」

「だから怒るっつってるだろ」

「わかってる。ハルくん、優しい子だもの。お母さんのちょっとした失敗くらい、笑って許してくれるよね」

「すでに怒りたいんだが。いいの？　怒っちゃうよ、俺。ご近所さんに聞こえちゃうくらい大きな声で、とんでもない罵声あびせちゃうよ？」

「受賞したのはハルくんってことにしちゃった☆」

両頰に指先を当て、小さい女の子みたいに可愛子《かわい》ぶった。

「なん、だと……？」

「だってしょうがないわよね」

家計簿を確認して、今月も厳しいわね、はふぅ……、みたいな息をつかれても。

「まさか本当に受賞しちゃうなんて思わなかったし。いきなり編集者さんから電話が来てテンパっちゃったってこともあるんだけど。何より、ご近所さんからの目が変わっちゃうもんね。ええ、そう。これは仕方のないことなのよ」

次々と襲い来る超展開の嵐に、俺はもう頭がぐわんぐわんと揺らいでいた。うちの母親のスーパーコンボはいったいあと何回続いて、いったいどれだけのオーバーキルダメージを蓄積していくのか。死体蹴りにもほどがある。

「どうしたの、ハルくん？　頭を抱えちゃって？　お母さんが抱きしめて、頭なでなでしてあげましょうかぁ～、なーんて、きゃー、言っちゃったぁ！　恥ずかしぃ～！」

「ちょっとマジで黙っててくれませんかね」

俺は頭を抱えて、はあ～、と溜息をつく。

自分の作品では受賞など夢のまた夢だったが、ひょんなところから奇妙な話が出てきたものだ。

プロ作家になりたいという夢。

しかし自分の力ではなく、あくまで母親の代行という立場。

忸怩《じくじ》たる思い（最近覚えた難しい言葉。不満、苦情という意味）はあるけど――。

プロの世界を体験してみたい、という気持ちは強い。

だって、見方を変えればこれってチャンスだろ？　プロの編集者や先輩作家さんたちに揉《も》まれれば、俺も急成長できるかもしれない！

俺は――絶対に受賞して、作家デビューしたいんだ‼

それはただ作家になりたいからってだけじゃなくて……。

じつは、そう、もう一つだけ。

俺には『一刻も早く作家になりたい理由』ってやつがあるんだよ。

……まあ、それだって下心満載の、薄っぺらい理由なんだけど……ともかく。

「こ、細かいことを聞きたいんだが」

「良かった、ハルくん乗り気なのね！」

美礼は手を叩《たた》いて喜んでくる。

認めたくないが、とにかく一つ一つ情報を整理していこう。俺は頭を掻《か》きむしって、

「じゃあ確認してくぞ。まず、受賞作のタイトルとペンネームは？　さっきの作品か？」

「そうよ。心躍ったでしょ？」

「改めて教えてくれ。できれば簡単なあらすじも頼む」

俺は冷静にスルーしてそう聞いた。自分ではちゃんと読む気になれなかった。

「はい」

こほん、と可愛らしく咳払《せきばら》いして美礼は、

「タイトルは『ギリシャ神話よりかくあれかし』。息子と母親の屈折した親子愛を、情熱的に描いた意欲作よ。ペンネームは……」

赤面し、

「『種付けプレス』」

ぶっ、と噴き出してしまう。母親の筆名が『種付けプレス』だった。

「てめえ！　息子の前で何言ってんだ！」

「でもこれは下ネタじゃないわよ！」

「下ネタだろうが！」

「違うわ！　ハルくんが生まれるきっかけとなった――」

「あーあー‼　聞きたくねえ‼」

「だから神聖な記念の――」

「やめろっつってんだろうが！」

大声で騒いでいると、
ドンッ！

と隣りの部屋から壁ドンが聞こえてきた。妹の部屋だ。

「……うるせえってよ」

「ごめんね美悠羽《みゆは》ちゃーん」

あわあわ。美礼《みれい》は壁の向こうに拝み倒した。

「……美悠羽にはどうすんの。教え、ねえよな」

「教えられないよお。お母さんがじつはエロラノベ作家なんて知ったら――、ううん、お兄ちゃんがエロラノベ作家だと知ったら――」

「俺かよ。言っとくけど、官能小説なんて一作も書いたことねえからな」

「あ、書く前に経験が……」

「うるせえよ！　気まずいこと聞いちゃったみたいにしてんじゃねえ！」

「でも大丈夫！　ハルくんならきっとすぐに素敵な女の子と出会えるわよ！　今はまだそ

の時ではないってだけ。あれ、でも待って。今がその時かも？　ねえ、ハルくん、お母さんがこれから……ううん、やっぱりなんでもないわ。きゃ」

「きゃ、じゃねえだろ！」

ドンッ！

また壁が被害を……。

「ともかく、美悠羽ちゃんにはこのことは秘密ね。あの子、自殺しちゃうかもしれないじゃない」

「ガチだな」

否定するでもなく、俺はうんうんと頷《うなず》いて見せた。

妹の美悠羽はお嬢様学校に通う純粋培養のご令嬢だ。こんな下ネタトークなんて聞かせた日には、人類に絶望して自殺を試みてしまうだろう。……まあ、そんなお淑《しと》やかな妹も、見えないところでは壁ドンなんて、はしたないことをしてくるのだが。

「話を戻すぞ。ええと？　作品名とあらすじ、ペンネームまで確認したんだったか」

「うん、タイトルは『ギリシャ神話より――」

「いやもう聞きたくねえよ。一回でいいよ」

「ペンネームは――」

「だからいいって！」

「でもハルくん、これからこの作品と名前があなたのものになるのよ。確認をしすぎるってことはないと思うの」

「ぐっ……」

十六歳、高校二年生男子。ペンネームは『種付けプレス』。息子と母親の情熱的かつ屈折した親子愛を巧みに描いた傑作『ギリシャ神話よりかくあれかし』で鮮烈デビューを飾る、か……。

なんだよ、この業《ごう》は。

重すぎんだろ——。

「やっぱ代行の話はなしにしようか……」

「そんな！　どうして！」

「だって息子が背負うには重すぎる業だもん。母親が背負っていけよ。あんたが書いたんだろうが」

「無理よ！　ご近所さんになんて言えばいいの⁉」

「俺だってクラスメイトになんて言えばいいんだよ⁉」

「母親が息子との爛《ただ》れた性生活を書いた小説でデビューするのよ⁉　世間様から白い目で

見られてしまうわ！」

「俺氏、確実にイジメにて候」

投げ槍《やり》にそう言う。もう口論に疲れたんで。

でも美礼は「そんな！　ソウロウだなんて！」と何かを勘違いした模様だった。「女の子に嫌われちゃうわよ！　お母さんと一緒に訓練しましょう！」と。

完全に突っ込む気力をなくしたんでスルーして、

「っていうか、どこの新人賞で受賞したんだ。そこを聞いてなかったな」

エロ小説なんて、どうせ聞いたこともない弱小レーベルなんだろうな――。

「オールジャンル小説新人賞よ」

「最大手じゃねえか！」

俺は思わず腰を上げていた。

「へ？　ここってそんなに凄《すご》い出版社さんなの？」

美礼はきょとんとしている。なんでこんなやつが――。

「でもハルくん、本当に、お母さん一人じゃ無理だよぉ……」

美礼は顔を伏せて、半泣きになって縋《すが》りついてくる。

ド低脳。美礼は基本的に、やることなすこと空回りするタイプだ。パートやアルバイトに出ても失敗ばかりで、すぐクビになる。

「作家として認められるって、お母さんにとっても降って湧いた、思わぬチャンスなの。でも、今回もいつもみたいに、やっぱり何か失敗しちゃうかもしれない……。そうならないように、ハルくんにもお手伝いしてほしいのよ。ね、お願い！」

「複雑な気分なんですがね……」

「決して、最近ハルくんが思春期で冷たいからって、これをきっかけにハルくんにまた構ってもらおうだなんてお母さん考えてないわよ⁉」

「そっちが本音か⁉」

ロクでもねえな、この母親！

「お願いよハルく～～～～ん‼　親子の絆《きずな》を取り戻すのよ～～～～～‼」

「ああもう！　うるせえなあ！　わかったわかった、やってやるから！」

ったく、しょうがねえよなあ。まあ確かに、貧乏家庭のうちにとって賞金や印税は魅力的だし、俺が作家として成長するためには思わぬチャンスであることも事実だしよ。

「てか、賞金はいくら貰《もら》えるって？」

「五百万円よ」

「ごはっ⁉　ちょっと多すぎませんかね⁉」

なんつー大金だよ⁉　ますますこの話、断れねえなっ⁉

「他の部門の受賞者が少なかったからって」

「そう言えば、総額一千万を受賞者たちで山分け、だったな。ということは、今回は二人しか受賞者が出なかったのか」

「みたいね。編集者さんも全体的には不作だったと言ってたわ。でも、個別には間違いなく面白い作品もあったって」

「その一つがあんたのか」

「あなたのよ、ハルくん」

ニッコリ。

……家から叩き出したい、この笑顔。

はあ、と魂すら吐き出すような溜息《ためいき》をついて、

「にしても、もう一人の受賞者、か……」

俺は腕を組む。

「どんな人か気になるな。あんた、聞いてないのか？」

「あ、それなら特設サイトに少しだけ情報が載ってるわよ。むしろ私はそれを見て、同じことをやろうって思いついたのかもしれないわ」

「同じこと？　どういう意味だ？」

「とにかく、ほら、ノートPCを機動してみて」

美礼が俺の手を取ってデスクのノートPCへ導く……って何でこの人、ナチュラルにおさわりしてくるんですかね。セクハラなんですけどね、これ。

「ほら、ハルくん、これ、凄いのよ！」

むにゅ。ぐにゅう。

後ろからめっちゃ胸（巨大）を押しつけてくる美礼。たしかに、凄い乳圧なのだが……。

「おい、鬱陶しいから押すな！」

「あれ、ハルくんどうして顔を赤くしてるの？　……あ、ひょっとして私の胸が当たっちゃったの⁉　きゃーっ！　恥ずかしいよぅ……！　ハルくんに大事なところ触られちゃった……。でもでも、私、ハルくんになら、何でも許しちゃうかも……！　だって子どものときから、あんなことや、こんなことまでされちゃったんだもの……！　大人になってからだって……！　きゃーっ！　ダメよ私！　私はお母さんなのよ許されないのよ～！」

「あ、このサイトですね」

後ろで何やら身もだえしている母親は置いておいて、俺はマウスをクリックした。

オールジャンル小説新人賞の特設サイトだ。一番上の目立つところに、

「たしかに受賞者の情報っていうか、見出しが躍ってるな……。だけど、これは……」

俺は、美礼のときとはまた違った意味で、悔しさに歯がみする。

〝出た！　現役高校生が受賞‼〟

その文字が大きく書かれていたのだ。

俺とは違う。俺はあくまでも母親の代理としての作家デビュー。

だが、この同期受賞者、ペンネーム『カリン』という人は――。

本物の、現役高校生で作家デビュー……！

ちくしょう、こんな悔しいことってあるか⁉

「それじゃあハルくん、優しくしてね……（はあと）」

後ろでなぜかブラのホックを外し始めた痴女を叩《たた》き出し、俺は悔しさをバネに新作の執筆に取りかかった。

負けてらんねえ、俺だって絶対受賞して、一刻も早く作家デビューして！

そして！

……クラスの好きな女の子に、告白するんだよっ……‼

◇

翌朝、とりあえず普段どおりに登校した。

自転車で三十分の距離にある。運動部よりも文化部が盛り上がっている公立進学校だ。

正門をくぐって駐輪場に自転車を駐《と》めると、昇降口で靴を履き替える。

今日は図書委員の朝の当番だ。俺はさっそく図書室に行って、カウンターに向かう。真新しい書籍がいくつか置いてある。

「お、この新作、ついに入ったのか」

気になっていたラノベシリーズの続編だ。

優先的に製本テープの加工を終わらせると、PCに登録し、その場で手続きをして借りる。図書委員の特権ってやつだ。
二、三冊ほど作業を進めていると、引き戸がガラガラと遠慮がちに開き始めた。
おや、と俺は首を向ける。

「すみません、朝の図書室の利用は——って、り、凛夏《りんか》か⁉」

入ってきた、赤髪が綺麗《きれい》な超絶美少女に、俺はドキッとする。

「あたしで悪うござんしたね」

凛夏《りんか》はむっとして睨《にら》みつけてきたけれど、そんな不機嫌そうな顔も可愛《かわい》らしい。俺はついドギマギして目を泳がせてしまう。

一年の時から同じクラスだが、俺なんかとはまったく釣り合わない。入学してすぐ学校一の超絶美少女として認知され、隠れたファンもめちゃくちゃ多いみたいだ。

瀧上《たきがみ》凛夏。それが彼女の名前で。

そして、そう、俺が作家デビューしたら、絶対告白すると決めた相手だ……‼

「あ、朝からどうした、凛夏」

「……別に」

「新作か。じゃあちょっと待ってくれ。もうすぐ作業終わるから。おすすめもあるぞ。おまえってファンタジー恋愛ものとか好きだよな」

「頼んでないし。人の趣味嗜好《しこう》を勝手に決めつけないでくれる？」

ツンとしてくるのは、いつものことだ。でも受け答えしてくれるだけ俺はめっちゃ嬉《うれ》しい。美少女は人類の宝だ。

「おまえにはこっちの本が合うんじゃないか。この作者の本まだ読んでないだろ？　これまでのおまえの読書傾向から言って、たぶん波長が合うと思う」

「だから、頼んでないし。っていうか、なんであたしの読書傾向まで把握してんのよ。ストーカー」

「って言われても、おまえの手続きはよくやってるからな。自然と覚えちまったよ。おまえもなんだかんだで、結局素直に俺のおすすめを借りてくれるだろ」

不機嫌そうだった凜夏の表情が、ふいに赤面した。

「う、うるさいなっ。別に素直なんかじゃないし！　あんたが押しつけがましくて！　だから、しょうがなくよ！」

トゲトゲしい。けれど、もう慣れっこの俺は気にしない。

「嬉しいよ」

「なっ⁉」

今度はびっくりしている。

「なんで、あんたが嬉しがるのよ……。意味わかんない……」

凜夏は次に、もじもじとして、赤面した顔で、ぶつぶつと独り言を言い出した。

「今のやりとり、どこがうまくいったのかな……。メモって、もう一回、喜ばせてあげたいな……。って、バカじゃないのあたし⁉　何アホなこと考えてんのよ⁉」

があああ、と、いきなり頭を抱えて悶《もだ》え苦しみだした。

毎度のことだが、表情のころころ変わる面白いやつだ。

そう、凜夏はあまりに美少女すぎて、入学当初から話題を集めていた、が……。

友達がいない。モテすぎて、だけどフリまくって、妬みや僻《ひが》みの対象となってしまって、ハブられた。俺の目から見てもクラスに馴染《なじ》めていなかった。

そんなボッチの凜夏に手を差し伸べたのは、まあ、他でもない俺というわけで。

――これ、おすすめですよ。

女性に人気のファンタジー恋愛ものだった。

図書室で、凜夏はいきなり話しかけられて、戸惑った様子で。

だけど俺は、今このとき、凜夏の心の支えになれるのは、きっとこの本しかないと思っていて、勇気を振り絞って話しかけ、セールストーク満載で、半ば強引に押しつけた。

凜夏は半信半疑という表情で、これ、そんなに面白いのだろうかと、ふわふわとした足取りで図書室を去っていった。

それが次の日の朝。

――いた。

と、向こうから捜してきた。学校の廊下だった。慌てた様子で、少し怒っていた。

周りの目が少し気になった。鉄仮面の冷徹美少女、あの瀧上凜夏が、自分から男子に話しかけている。それはとても珍しいことで。

——どうして図書室にいないのよ。

——いや、今日は当番じゃないし。

俺はあの瀧上凛夏から話しかけられてドギマギしながらだったけれど、

——これ。

と凛夏は、昨日貸したラノベを差し出してきた。

——おっ、どうだった？　面白かっただろ。

凛夏は答えなかった。

たくさんの感想が脳内で渦巻いているようで、言葉が出て来ない感じで。

そして次の瞬間、堰《せき》を切ったようにボロボロと泣き出したのだった。

以来、凛夏はよく図書室を利用し、俺におすすめをねだるようになった。と言っても、本人はそうとは口にせず、雰囲気で察しろ、みたいなオーラを出すのだが。

——霜村《しもむら》って誰にでも優しいよね、どうしてよ？

凛夏にそう聞かれたこともある。ムッとした表情で。あたしにだけ優しく～なんちゃらと続けていたが、最後まではよく聞こえなかった。

まあ、親の教育ってやつだよ、と答えておいた。母親が、人様には優しくしなさいって、うるさかったんでね――。

……なんて、凜夏の前ではクールぶって格好つけた俺だけど。

おまえみたいな美少女、めちゃくちゃ気になるからに決まってるだろ⁉

そうだよ、下心満載だよ。俺は誰にでも優しいわけじゃなくて、おまえにだけ特別優しいんだよ！

この一年、俺はそうして頑張って凜夏に話しかけ、少しずつ好感度を上げてきた、はずだったけど。

「……作家デビューしたら告白するって誓いを立てたのに……！　もう丸一年も、全然受賞できてねえ……！　一刻も早く凜夏に相応《ふさわ》しい男にならないといけねえのに……！」

陰キャ全開で、思わず独り言を呟《つぶや》くキモい俺。

一方で凜夏は気づいていない様子で、何かごにょごにょ言っている。

「……なんで、こいつ全然振り向いてくれないのよ……！　一年間もほとんど放置されてる……！　あたしは……！　これだけいろいろ話しかけて頑張ってるのに……！　いい加減、そろそろ友達以上の関係になってもいいでしょ……！　さっさと告白してきなさいよ……バカぁ‼」

があぁ、と頭を抱える俺と、

があぁ、と頭を抱える凛夏。

……俺たちって時々こうなるんだよなあ。俺はともかく、凛夏は何を懊悩《おうのう》してんだ？

「ほらよ」

ともかく今日もまた、いくつかおすすめを貸し出してやる。

「ん」

といつもどおりに、それを受け取る凛夏だが、

「……どうしよう、やっぱり、あのこと言うべきかな……？　こいつはショック受けるかもだけど……関係を進展させるきっかけになるかもしれないし……」

おや、今日はいつもと様子が違った。

「……どした？」

「いや、その……。……でも、逆に……今の関係が壊れちゃうかも……。霜村に構ってもらえなくなるなんて……そんなのヤダヤダ……！」

なんだろう。今日の凛夏はいつも以上にもじもじしている。

「……よ、よし、今日はもうちょっと勇気出してみよ……！　だってこのままだと埒《らち》が明かないんだもん……！　い、今以上の関係に、絶対、なってみせるんだから……！」

凛夏は窺《うかが》うように上目遣いになって、

「霜村ってさ、ラノベ、書いてるんだよね？」

「ん？　まあな」

表面上は平然とそう応えたが、内心ではギクッとしていた。昨日の今日である。

じつはプロ作家としてデビューすることになった、ただし母親の代理で。近親相姦《そうかん》もので。ペンネームは「種付けプレス」で――。

言えるわけがない。

はは、は……。俺はギクシャクとした笑みで誤魔化す。

「あたしも」

「え？」

「……じつはラノベ、書いてたんだよね」

これは思わぬ事態だった。

「小説、書いてたのか。おまえが？」

「な、なによ。あたしには書けないっての⁉」

なんで怒るんだよ――。

理不尽だったけれど、でも俺は嬉しい。凜夏と同じ趣味がまた一つ増えたわけだ。これも俺の『凜夏攻略作戦』の成果か。いつかは一緒にラノベ作家になったりとかしてな。

「……うぅ、いつかは一緒にラノベ作家になれたらなって思ってたら……まさかこんなことになっちゃうなんて……！」

凛夏《りんか》はなぜかツラそうだったけれど、俺は普通に気になることを聞いてみる。

「どういうの書いてるんだ？」

「えっ？　まあ、ファンタジー恋愛ものとか……」

「ふうん、やっぱそういうのが好きなんだな」

そういえば同期受賞者『カリン』先生の受賞作も、ファンタジー恋愛ものだったと思い出した。

ファンタジー部門大賞『星屑《ほしくず》の朽ちる先で会いましょう』……。

もうタイトルだけでも、めちゃんこ格好いい。これで本文が面白くないわけがない。絶対売れるわ。

どうせ作家代行なんてやるなら、カリン先生のほうが良かったなあ……。

なぜ、俺は種付けプレスなのか。なぜ、種付けプレスでなければならないのか？

「凛夏、運命って……信じるか？」

「えっ、何よいきなり!?　運命なんて……信じるに決まってるじゃない……だって、世界八十億人のうち、あんたと出会えただけで、それだけで、もう奇跡……」

「そうだよな運命からは逃れられないよな……」

「うん、運命からは逃れ……、あれ？　し、霜村？　どうしたの……？　また急に暗く沈んじゃって……」

そりゃあさあ、だってさあ、昨日あんなことがあってさあ。

あーもう、思い出したら死にたくなってきた。なんだこの真っ黒な闇の因果律。俺、前世で何かやっちゃいました……？

「ねえ、大丈夫？　今日、あんた様子おかしくない？」

凜夏は本当に心配する顔を向けてくる。

「ああ、すまんな。心配かけたか」

「べっ、別に心配なんてしてないし！」

ぷいっとそっぽを向く凜夏。

お手本のようなツンツンに「はいありがとうございます」と俺はお礼を言って、

「で、なんの話だっけ？　凜夏は入学当初モテまくってイキリすぎてクラスのみんなからハブられたって話だったか。そうだよな」

「違うわよ！　あたしも小説書いてるって話！」

「イキってハブられたのは違わないよな？」

「イキってない！　うるさい！」

「でも大丈夫、人はみんなボッチだ。生まれながらのボッチなんだ。仲間だとか愛だとか信頼だとか言ってるやつには一緒にツバ吐いとこうぜ！」

「あんた大丈夫⁉　クラスで浮いてない⁉」

欲しいツッコミもくれる。ほんと面白いやつだ。

俺が微笑《ほほえ》んでいると、凜夏は「……」と出方を窺うような微妙な流し目を送ってきた。

「……ところで霜村、今日の放課後なんだけど」

「放課後？　どうした？」

「ええと、ね」

凜夏は少し挙動不審になって、あちこちに目を泳がせ、そわそわしながら、

「ほら、あたしっていつも図書室で借りてばかりじゃない？　それじゃ作者や出版社に悪いなって思って……」

確かに。クリエイターを応援したい気持ちがあるなら、その商品を買ってやるのが一番の応援になる。

「それで？」

「だから、ほら、アリメイトってあるでしょ？（もじもじ）あそこで好きな作者の作品買

ってみようって思うんだけど……（ちらちら）」

　アリメイトはラノベ、マンガ、アニメ関連作品やグッズ等を取り扱うサブカルチャー専門店だ。俺もおこづかいに余裕がある時はそこで買う。

「いいんじゃないか」

　鼻くそほじりそうになったが、凛夏の次の一言で目を見開くことになった。

「だから、あんた、アリメイトを案内しなさいよ！」

　人差し指をビシッと突きつけて、勢いよくそう言ってきた。

「あ、アリメイトを案内？　俺が？　おまえと？　ふ、二人きりで⁉」

「か、勘違いしないでよね⁉　あたしは純粋に、アリメイトに行ってみたいだけなんだから！　これをデートだとか思ったら、承知しないわよ⁉」

「お、おう……」

　お手本のようなツンデレだったが、え、何これ？　本気でデレてんの？　うっそ、俺の『凛夏攻略作戦』ってすでに成功してたの？　マジで？

「く、くり返すけど、勘違いしないでよね！　ほんとーに、ほんっっっとーに、デートなんかじゃないんだから！」

　凛夏は力みすぎてか、顔を真っ赤にしてそう叫んだ。涙目にもなっている。

そうか、そうだよな。

「……ふう、やれやれだ」

俺は軽く首を振って、息をつく。凜夏はギクッとした。

「な、何よ、その全部お見通しだぜっていう顔は！」

「わかってる、わかってるよ、おまえの気持ちくらい」

俺が優しく微笑むと、凜夏は涙目でもじもじし始めた。

「そ……そんな……嘘《うそ》よ……あたしの気持ち、もうバレバレだっていうの……？」

「ああ、さすがに俺だって、もう勘違いしたりしないさ」

俺はキザな動作で、前髪を手でふぁっさーみたいなことをしてみる。

「おまえは他でもない、あの瀧上《たきがみ》凜夏だからな。美少女すぎて入学当初からモテまくって、挙げ句の果てにハブられたボッチ」

「ボッチは余計でしょ！」

「それが、図書室で時々会話するってだけで、俺なんかに惚《ほ》れてるわけないよな。現に、同じクラスだって言うのに、クラスでは一切話しかけられないからな。おまえが話しかけてくるのは図書室で本のことのみだ」

「ち、ちが――それは――共通の話題が本しかわかんなくて――」

勘違いしてはいけない。凜夏は本当に、陰キャオタクな俺なんかとはまるで釣り合わない超絶美少女なんだ。受賞してプロ作家にでもならない限り、デートなんてしてくれるはずない……そうだろ⁉

「……なんでそうなんのよ、この愚物……！」

凜夏はぷるぷる小刻みに震えながら、何やら怒りを我慢しているようだった。

よくわからないけれど、とにかくだ。

その日の放課後は本当に普通に、凜夏にアリメイトを案内してやっただけに終わったのだった。夕暮れの別《わか》れ際《ぎわ》に凜夏は「このフラグクラッシャー！」とだけ叫んで走り去っていった。

え、どゆこと？

……まあいいか。これまで着々と凜夏との距離は近づいてきたんだ。

母親の作家代行って立場は正直複雑だけど、そこでしっかりプロに揉《も》まれて、俺は今度こそ作家デビューを果たしてみせる！　そして必ず、凜夏と本物のデートをしてやるんだ‼

◇

三日が経《た》って、学校の終礼が終わると、ついに始まっちまうのか、と俺は緊張した。

今日の放課後、母親の代わりに担当編集者と電話で話す運びになっていた。美礼が俺の番号を教えてあるので、俺のスマホに直接かかってくるようだ。

いつか受賞したら、と考えて、担当編集との顔合わせを妄想したことは一度や二度ではないけれども、まさかこんな立場で会う羽目に陥るとは。

うぅ、胃がキリキリする……。昇降口で靴を履き替え、正門に向かうと。

ん⁉ なんだあれは。

門の外、歩道脇に黒塗りの高級車が駐《と》めてある。こんなちんけな学校にはどう見ても場違いなそれに背を預け、下校する生徒たちに鋭い視線を投げかけているのは。

アラサーくらいの、丸メガネの、ダボダボな白衣を着た、ドジな女医っぽいイメージの女だった。

全然サイズが合っていない白衣の下は、どうやらスーツのようだが、ボタンもかけ違っていて、だぶついた胸元の隙間から白い肌や下着がチラチラしている。胸が大きいから余計に性的に見える。

目元にはマジックペンで書いたような真っ黒なクマが。

そんな異様な雰囲気を纏《まと》った美女が、誰かを捜すようにキョロキョロしている。

下校する生徒たちもタジタジだった。俺も困惑しながら自転車で横を通り過ぎようとするが……。

「………」

女がスマホを取り出すと、電話をかけた。

俺のポケットでバイブが震えた。思わず取りだして確認する。しかしその瞬間だった。

「キミですねー⁉」

「えっ」

女の腕が伸びてくる。あっという間の出来事だった。俺は車のなかに引きずり込まれる。

自転車が倒れて盛大な音を立てたが、即座に持ち上げられてトランクに突っ込まれた。

「なっ、なっ、なっ」

「出してくださぁーい！」

女が声を上げた。運転手が滑るように高級車をスタートさせる。動き始めた車に飛び乗るようにして、女が俺のいる後部座席に乗り込んできた。俺は奥へ押し込まれる。

「なっ、なんだあんた⁉」

どう考えても誘拐されているとしか思えないが、理由がわからなかった。貧乏家庭だぞ。

身代金《みのしろきん》なんてこっちが欲しいくらいだ。

「ん？　ああごめんなさい」

しかし女は犯罪を犯しておきながら、平然と対応してきた。

「こういうものですっ」

「……名刺？」

恐る恐る受け取って確認してみると、『オールジャンル文庫編集部』とあった。

名前は花垣《はながき》カモメとある。

どちらも昨晩に母親から聞かされていたものと一致する。

「じゃあ、あんたが、担当編集⁉」

放課後に電話してくるとは聞いていたが、電話した直後に拉致するとは聞いていない。

「はい、これからよろしくお願いしまーす！　キミは……」

「あ、えっと、申し遅れました。霜村春馬です」

俺は慌てて居住まいを正すが、

「種付けプレス先生ですね？」

花垣は前のめりになってメガネをくいっと上げて観察してくる。

「いや、その」

「種付けプレス先生なんですよね⁉」

か、顔、近いっ……。

こんな美人な大人の女に詰め寄られ、俺は「でも、あの」とキョドるしかなかった。

「ええと、間違いましたか？　人違いですか？」

たしかに、この人――花垣カモメの立場からしたら、俺が種付けプレスだとしか思えないだろう。しかし……。

どうする。ここが分かれ目だ。

じつはすべて母親の仕業なんです、種付けプレスは僕の母で、僕は種付けプレスではなく種付けプレスで生まれてきたんです、と言わなくていいことまで洗いざらい吐いてしまって失笑を買うか。

それとも――嘘を貫き通すか。

代理作家デビューでプロの世界に揉まれ、いつか凜夏と付き合うために‼

ごくり、と息を呑《の》む俺だが、そこで花垣のスマホが震えた。

「ごめんなさーい、電話ですぅー」

そう言ってスマホを耳に当て、

「馬鹿野郎！　パンツは縞《しま》パンに決まってんだろうが！　中学生でレースなんて邪道だ邪道！　何が背伸びした女の子だ！　ぶっつぶすぞテメエ！」

えぇ～!? と俺はドン引きした。せずにいられるか。ついさっきまでふわふわしたドジっ子オーラ満載だったのに、いきなりヤクザばりの胴間声で脅しをかけているのだ。しかも女子中学生のパンツの話で。どうなってんの……。

花垣は真顔で通話を切り、

「ごめんなさーい、担当している他の作家さんからの電話でしたーてへぺろ☆」

「……ちなみにどんなシーンの話だったんですか」

パンツって。

「よくある話ですよ。生徒指導で密室に閉じ込められた不良JCが、屈強な体育教師に体で指導されるという」

「よくあるんですかそんなの!?」

「ありますぅ。どういうわけか、私が担当する作家さんはみんな陵辱系なんですよぉ」

しょうがないですよねえ、と花垣は肩を竦《すく》めた。

「キミはどう思います? 種付けプレス先生」

「ないと思います」

「ではなくて、女子中学生がレースの下着を穿《は》いているという話です。現実にそんなことがあると思いますか」

「ないと思います」

「だよな。ねーよ。縞パンだろうがよ」

クソがっ、と吐き捨てた。

絶対この人、元ヤンだよ……。俺は後部座席の隅っこで震えるばかりだった。

「すみません、編集者ってみんな花垣さんみたいなんですか。それとも花垣さんは珍しい部類なんですか」

「普通ですぅ」

うっそぉ……。

「キミはまだ若いですし、業界のことは何も知らないでしょうから教えておいてあげますね♪　作家はだいたい社会不適合者で、編集者はだいたい人格破綻者です☆」

とんでもないこと言ってんぞこの人⁉

っていうか自分のことも人格破綻者だって認めてんじゃねえか⁉

「さあ、到着したようですよ」

車が道路脇で停止した。オシャレな喫茶店が見える。

「そこの喫茶店で個室を予約してあります。経費で落ちますから好きなだけ頼んでくれてどうぞぉ」

「は、はあ……」

経費だから好きなだけ食べていいとか、いかにも作家と編集者っぽいやりとりなのだが、不安しかねえよ……。

入店し、奥の個室で向かい合って座る。とりあえず二人ともブレンドを注文した。

「改めて、オールジャンル文庫編集部の花垣です。よろしくお願いしまーす」

「あ、こ、こちらこそ、よろしくお願いします。……種付けプレスです……」

ぼそぼそと付け足した。

ふむっ、と花垣は一つ頷《うなず》いてから、

「話を蒸し返すようですが、種付け先生の本名は霜村春馬というのですねっ」

「はあ、まあ……」

っていうか種付け先生って呼ぶのをやめてほしいな……。性教育の先生とか、種馬の調教係じゃねえんだから……。

「霜村春馬……なるほど、素敵な真名をお持ちですね」

うんうん、と花垣は何やら感心したように頷いている。いや真名って。この人いい歳《とし》して中二病かよ。それともラノベ関係者だとみんな童心を忘れないものなんですかね。

しかし微妙に違ったらしい。花垣は、

「下ネタにムラムラするで霜村ですねっ」

「は？　なんて？」

「春馬の春は、恋の季節……つまり性欲の季節ということ！　そして春馬の馬とは文字通り馬並みの巨根であるということ！」

「ちょっ何言ってんのあんた⁉　頭大丈夫⁉」

「真名・霜村春馬とはすなわち『下ネタにムラムラする性欲の季節の馬並みの巨根』を意味するということですか！　素晴らしい！　まさにエロラノベ作家となるべくつけられた真名ですね！」

「なわきゃねえだろ！　どんな英才教育だ！」

だいたい俺エロラノベ作家じゃねえから！　それ母親だし俺に名付けたのも母親……ってあいつか！　俺の名前はあいつによる呪われし忌《い》み名かっ⁉

花垣はズレた丸メガネの位置を直し、

「名刺もちゃんと用意しておいてくださいね。授賞式の時に必要ですから」

「名刺……。わかりました、母に発注をお願いしておきます」

名刺だなんてまるでビジネスマンみたいだが、それを母親に用意してもらうなんてな、と少し情けない気持ちになる。だが他にやりようがない。ないはずだ。

しかし花垣のメガネが光った。

「ほう、母君が名刺を発注、ですか？」

「あ、はい。……？」

「母君に頼むんですね、種付けプレスの名刺を作ってくれと」

「ぐっ……！」

「何枚くらい作ってもらうんですか、種付けプレスの名刺。百枚くらい？」

「そういう言い方しないでくれます？」

っていうか、あんたが作れって言ったんじゃねえか。

「別に変な言い方はしていないつもりですが？」

花垣は真顔でメガネの位置を直し、

「種付けプレス。結構ではないですか。キミはこれから、会う人会う人に、わたしはこういうものです、と種付けプレスの名刺を差し出していくのです。じつに結構なご挨拶じゃないですかね？　相手はそのたびに驚愕《きょうがく》し――」

当たり前だ！

「人によっては嫌悪《けんお》に顔を歪《ゆが》め！」

当たり前だ！

「女性なら赤面するでしょう、この孕《はら》ませ上手め！」

「意味が全然わかんねえんですけど⁉」

あーもうヤダこの担当編集……。

相手すんの、めっちゃ疲れるわ、母親《あいつ》と同じくらいに……。

◇

二時間ほどして顔合わせも終わり、自宅まで送ってもらった。

すっかり陽《ひ》は沈み、外灯のわずかな光で照らされている。

車を降りると、ウィンドウが降りて花垣が顔を出した。

「短い時間でごめんなさいです。これでも多忙な身でして、スケジュールがきつきつなんですよ。そう、処女のようにね」

「その喩《たと》えは必要ないと思います」

「私が抱えている作家さんたちも、『平気で締め切りブッチるゴミばかりだからな』、振り回されてばかりなんですよ。キミがそうならないことを祈ります。私もまだ殺人犯にはなりたくないですからー」

「が、頑張ります……」

「くれぐれもよろしく頼みますよー。そう、『死にたくねえならな』」

どこまで脅しかければ気が済むんだよ、この人。ちょこちょこヤンキーモード入れてくんのもやめてくんねえかな……。

黒塗りの高級車が夜の町に消えていくのを見送りながら、俺はその場に立ち尽くすばかりだった。

ようやく踵《きびす》を返《かえ》して家に帰り着く。三人家族には贅沢《ぜいたく》な一軒家である。

「ただいまぁ」

玄関ドアを開けて中に入ると、すぐに母親の美礼がエプロンで手を拭き拭きしながら顔を出した。

「お帰りなさい」

どうだった、と眉をハの字にして不安そうな顔をしている。さすがの美礼も担当編集に関しては気になるらしい。

俺はとりあえず無言で重苦しく頷いておいた。

ダイニングでは、妹の美悠羽がカレーを食べている。

美悠羽は、おそらくご先祖様たちのいいところだけを集めて組み上げたような美少女だ。清楚《せいそ》で可憐《かれん》。目元には凛《りん》とした涼しさがある。一本筋の通った力強さも兼ね備えている。

俺がテーブルにつくと、すかさず美悠羽が口を開いた。

「兄様」

弦楽器のような金属製の高音である。

響くような美しさを持ったその語調は、しかし半分はあとから作り上げたものだ。有名お嬢様学校の初等部に入学して間もなく、学校側のしつけでそうなったらしい。

幼稚園までは「おにーちゃん、おにーちゃん」と庶民的な可愛《かわい》らしさがあったのだが、今はすっかり純粋培養のお嬢様というわけだ。

ちなみに母親の美礼も過去、美悠羽と同じお嬢様学校に通ったはずなのだが……。美悠羽もあと二十年もすれば『あんなの』になってしまうのだろうか。

「どうした美悠羽」

美悠羽は目を伏せながら答える。

「母様の様子がおかしいのです」

吹き抜けの対面キッチンでカレーをよそっていた美礼が、ギクッとした。その弾みでカレーが手にかかりでもしたのか、あっつーい、と奇妙な踊りを始めた。

ほんと隠し事がヘタだよなあ……。嘘《うそ》もバレバレだし……。

俺はもちろん美礼がなぜ挙動不審に陥っているのかはわかっている。わかりすぎるほどにわかっている。そしてもちろん、わかりたくなんてなかった。

エロラノベ関連のワードを口に出すわけにはいかない。してしまえば美悠羽はきっと赤面し、鼻血を出し、脳がオーバーヒートして、三日は寝込むに違いない。それほど美悠羽には刺激が強すぎる話題なのだ。

「大方、またバイトをクビになったんだろ。それを俺らには知られたくないとか」

実際にはバイトどころか作家様になってしまわれたのだが。

「そうでしょうか。バイトをクビになるのはもう慣れっこだと思います。今さら隠そうとする意味がわかりません」

けっこうヒドいこと言ってるよな……。

「だから、逆ではないかと」

「ぎゃく？」

「はい。仕事はきっと何か見つかったのでしょう。しかしそれは子どもには知られたくなく、それでオドオドとしているのです。きっと子どもには言えない仕事なのです」

妹よ、優秀すぎるとかえって虎の尾を踏んでしまうぞ……。

俺はやや強引に話題を変えてみる。

「それより美悠羽、部活のほうはどうだ」

美術部だ。美悠羽には天性の絵画のセンスがあり、幼少期からいくつものコンクールで入賞してきた。運動はさほど得意ではない美悠羽だが、学業と、絵心に関しては飛び抜けた能力を備えている。

「面倒ですが、今年から部長を任されそうな雰囲気です」

「凄《すご》いじゃないか。やっぱりおまえの画力は抜群だもんな」

去年、一度だけ美悠羽の学園祭を見に行った。

そこで美術部の展示物を見て、やはり妹様は格が違うな、と再確認させられた。

それは人間大の大きなキャンバスに描かれた、浴衣《ゆかた》を着た女性の後ろ姿だった。夏祭りで、花火を立ち見している光景を、背後から描いた構図で。

顕《あら》わになった、白い、うなじから色香を漂わせるような、背中を向けている浴衣美女が、今にも振り向いてきそうで……。艶《なま》めかしいけれど、それは芸術的な美しさ。もし裸婦画を描かせれば、世紀の傑作を描けてしまうのではないか。

観覧者たちは皆、美悠羽のその絵の前で立ち止まり、おお、と感嘆の声を漏らしていた。

「誇りに思うぞ、美悠羽。おまえは最高の妹だ」

「な、何を恥ずかしいことを。いきなり……」

「いや、本音なだけだよ」

うんうん、と俺は首を縦に振った。台所のほうから「ハルくーん、お母さんはー⁉ お母さんはどうなのー⁉」と聞こえてきたが、スルーした。っていうか俺の分のカレーは？

「そう言えば、都の奨学金試験があるんだったな。次、面接だっけ」

妹様は都内でわずか五人しか選ばれない特待生の候補に挙がっているのだ。これはもうほとんど、将来の日本をしょって立つ一人、と見なされているに等しい。我が妹ながら、神すぎて実感がゼロ。

「はい。緊張します」

美悠羽は静かにそう言い、コップ一杯の水を飲み干す。

と、美悠羽はおずおずと、こちらに目を向けてきた。目が合う。淑女は目を伏せがちにするのが嗜《たしな》みのはずだったが、何か思うところがあるらしい。

「……兄様に聞きたいことがあります」

「ん、俺にか」

母親の件でないなら安心した。美悠羽は、思い切った調子で質問してきた。

「あの、三日前の、放課後のことなのですが」

「うむ」

「……偶然、本屋さんで兄様を見つけたのですが」

「ああ、そう言えば、三日前の放課後は本屋に……」

ん!? 本屋? 本屋だったっけか?

「いや、アリメイトだ。なんだ、美悠羽。おまえもアリメイトに入ったりするのか?」

「ち、違いますっ。あの日はたまたま、友達に無理やり連れ込まれてしまってっ……」

頬を染めて否定してくる。恥ずかしいらしい。

「アリメイトに連れてってくれるなんて、いい友達じゃないか。あんまり箱入りで育ち過ぎてもなんだしな、アリメイトくらいなら時々覗《のぞ》いて見てもいいだろ」

十八禁の製品は置いてないことだしな。

「にしても、俺を見かけたんなら、一声くらいかけてくれてもいいだろうに」

いや、と思い直した。

「そうか……友達に俺を紹介するのがイヤだったのか」

「なっ、そんなことありませんっ」

「すまんな……パッとしないお兄ちゃんで……俺もおまえに見合うくらいイケメンだったら良かったのに」

「自分を卑下しないでくださいっ。見た目なんてただの飾りですからっ。だいたい、そのう、……かっこ悪くなんて、ないです……」

頬を染めながら、ぼそぼそと付け足した。

ありがとな、お世辞でも嬉《うれ》しいよ――。俺はそう微笑《ほほえ》んで、「ハルくんはイケメンよ！世界中の誰よりも格好いいわ！」というカレー配膳マシーンの騒音は聞き流す。

「わたしがあのとき、兄様に話しかけなかったのは……」

美悠羽は険しい顔をし、兄様に話しかけながらも睨《にら》みつけてきた。

「兄様が誰か女の人と話をしていたからです」

頬を膨らませ、おかんむりの様子だ。

「随分と親しげでした。誰ですか」

――許せません、この女たらし。とでも言いたげに、ぷんすか頬を膨らませている。

「凛夏のことか？」

あいつからアリメイトを案内して欲しいって言われて、そのとおりにしてやったのだ。

あの時、美悠羽も来ていたわけだ。でもそれが、なんだっていうんだ？

「へえ、下の名前で呼んでいるのですね？」

美悠羽の目から温度が消えていた。

「さっきから、なんで怒ってんの、おまえ」

「母様にもこの話をしましょう。いいですか、母様」

「え、なに？」

ようやく俺の分のカレーを運んできた美礼が、テーブルにそれを置いて話に合流する。

「兄様が、同年代の女性と親しげにしているようなのです」

「えっ⁉　それって……」

次の瞬間だった。

どうゆうことよ～～～～～～～～～～～～～～、とご近所さんに大迷惑な絶叫が響き渡る。俺は耳を手で押さえるのが遅く、少しダメージを受けた。美悠羽のほうは余裕で耳を塞ぎ、すまし顔を晒《さら》している。

「うっせえな！　いきなり叫んでんじゃねえ！」

「だってだって、ハルくんについに恋人ができちゃったってことぉ⁉　イヤだぁ、イ～ヤ～だ～ぁ、私を捨てないでハルく～～～ん‼」

縋《すが》りついてくる。鬱陶しい。っていうか重っ。

「ハルくんハルく～ん！　お母さんを置いてかないでぇ、ずっと一緒にいてぇ、同じお墓に入ってぇ！」

「おい、ふざけんな！　ツッコミどころが多すぎるぞ！　とにかく放せ！　あっち行け！」

「では兄様、ご機嫌よう」

「ちょ待てよ！　なに颯爽《さっそう》と出てってんだ！　こいつどうにかしていけ美悠羽！」

肩越しに振り向いてきた美悠羽は、

「女好きの兄様にはお似合いですこと」

ふん、と鼻を鳴らしてリビングを出ていった。にゃろうっ……！　俺が凛夏とどこに行こうがおまえには関係ねえだろうが！　だいたいあれはデートじゃなかったんだし！

「ハルくんハルくーん！　ついに私の元を旅立ってしまうのぉ。やだよぉ。寂しいよぉ。お母さんもう、どうしていいかわからなーい。ふぇーん……」

両手を目元に当て、小さい子みたいに泣き出した。

「あーもう！　どこにも行かねえから！　ずっと一緒にいてやるから！」

「ほんとにほんとにぃ？　絶対だよ！　約束だよ！　お母さんとずっと一緒！　指切りげんまん、嘘ついたら針千本、のーます！」

「はいはい、指切った」

「やったぁ♪　やったぁ♪　これでお母さん、ハルくんとずっとずっと、一緒にいられるんだ！　宇宙が終わってても、あの世ででも、来世でも！　世界がいったい何度作り替えられても永遠に一緒にいられるんだあ！」

「永遠は長すぎませんかね」

「ハルくん、だーい好き！」

子犬のように無邪気に飛びかかってくる。途端にふわふわとした柔らかい感触に包まれる。美礼は巨大な質量を誇る双乳を押しつけながら、しっかり両腕を回してホールドしてきて、ぐりぐり頬ずりしてくるのだ。

「……縁切りてえ……」

引きはがすのにたっぷり三十分はかかった。

◇

風呂《ふろ》に入って、夜も深まった頃。

ノックがされ、俺の部屋に美礼が入ってきた。パジャマ姿である。

「ハルくん、それで、あの話なんだけど」

「ああ、わかってる」

担当編集と何を話したのか、だろう。気になって当然だし、むしろ俺から話しに行こうかと思っていたところだ。

この時間帯、美悠羽はヘッドフォンをしてクラシックを聴きながら、授業の予習復習に励んでいるはずだ。内密な話をするなら今だろう。

俺は身構えたが、

「そう、ハルくんがお付き合いしてるっていう女の子のことなんだけど」

「そっちかよ！」

「そっちも何も、この話しかないでしょ！」

「いや他にあるだろうが」

「ないわ！　いい加減なことを言って話を逸《そ》らさないで！」

「むちゃくちゃ言ってんな、あんた……」

頭を抱えてから俺は、

「作家デビューの話だ」

「あっ、うん……。もちろん忘れてないわよ」

「だと良かったんだけどな」

「う～」

幼女のように頰を膨らませる美礼だった。若々しい童顔だからギリセーフだが、アラフォーの二児の母だという情報を持っていれば見方が変わってくる。

「放課後は花垣さんと直接会って話してきたよ」

「直接会って……？　電話でお話ししたんじゃなかったの？」

「それが、学校の正門の前で待ち構えていてな、電話でヒットした俺をほとんど拉致するような感じで車に乗せて——」

「そんなっ、ハルくんを拉致っ⁉　うらやま——」

「おい、今なんつった？」

「じゃなくて」

　こほん、と美礼は咳払《せきばら》いし、

「ハルくんは私だけのものよ。誰にも渡さないわっ」

「それも間違ってんだけどよ」

「我が子を拉致監禁するなんて絶対に許せない。今からちょっと編集部に行って事情を聞いてくるわ」

「やめろよモンスターペアレント。上げかけた腰を下ろせ。学校じゃねえんだから。母親が編集部に殴り込むとか、前代未聞《ぜんだいみもん》だろうが」

　っていうか、いい笑いものだよ。

「でも、見ず知らずの誰かがハルくんと二人きりの時間を過ごしただなんて、とてもじゃないけれど受け入れられないわ」

「怒るところそこじゃないと思うんですがねえ」

拉致行為について怒れよ。

「だって、花垣カモメさんは女性の方でしょ。最初にお電話を貰《もら》ったときに明らかに女性の声だったわ。声の感じからしてアラサーかしら。きっと色気むんむんの大人の女性なんでしょうね。それが、ハルくんを拉致……？」

「めんどくせえ妄想してんじゃねえよ」

俺は蝿《はえ》を払うように手を振って、

「真面目な話をするぞ？　ともかく重要なのは、今後のスケジュールだな。詳細はメールでも送られてくるだろうが、まず賞金の振込先やら何やらの事務手続きに関するメールが来るから、ちゃんと間違えずに返信してくれ」

「うん」

「次に改稿に関する連絡も来るだろう。受賞作によっては半分以上も書き直さなきゃいけない場合もあるらしいけど、あんたのはさほど多くないそうだ。花垣さんによればな」

改稿点をかいつまんで説明した。といっても小手先の変更が利《き》くような些細《ささい》な内容ばかりだ。これがキャラ性やストーリーの根幹に関わる部分まで修正を迫られるとなると、寝る間もないほど大変になるらしいが。

「まあ刊行までは花垣さんも手取り足取り教えてくれるだろ、こっちは新人だからな。むしろ問題なのは俺たちが対応を間違うことだ。情報共有ができてないと矛盾が生じて、花垣さんも怪しむだろ。連絡は密に取らないと」

「やった。これからハルくんと毎日お話しできるのね！」

「必要最小限でお願いします」

冷たくスルーして、次の話題に入る。

「あと授賞式な」

およそ一週間後に迫っている。編集部一同はもちろん、先輩作家さんや出版社のお偉いさんも来るらしい。考えると胃がキリキリしてくるが……仕方ない。

「ハルくんのスーツを新調をしなくちゃいけないわね。前にスーツを着たのは小学校の時だっけ？　それとも幼稚園のお遊戯会？　美悠羽ちゃんは何度もコンクールで入賞してるから、そのたびにスーツやドレスを新調してきたけど、ハルくんのは……」

あっ、と慌てて口を押さえ、気まずそうにする。

「いや遅《おせ》えよ。そうだよ俺なんて正装する必要なんてなかったよ、これまでの人生で！　悪かったな！　出来の悪い息子で！　しかも今回だって俺の力じゃねえしな！　もう学校の制服で行くわ！　悪いか！」

「だ、ダメよハルくん。きちんと正装しないと。これがあなたの初めての晴れ舞台なのよ！」

「そうそう、これが最後の晴れ舞台かもしれませんもんねぇ！」

「大丈夫よハルくん、安心して！　なんならお母さん、たくさんの賞に応募して何度でも受賞してみせるわ！」

「趣旨が変わってんだよ。自分の力で受賞しねえと意味ねえだろうが」

母親に怒っているはずなのに、ブーメランだった。そう、自分の力で受賞しないと意味がないのだ。ちっくしょー。

その日は朝まで自分の原稿を書きまくった。

やはり、書くのは楽しい。楽しすぎて、気づいたら朝——。そんなことをすれば、当然体がボロボロだ。睡眠不足すぎて吐き気がする。

作家病にかかっている。

何か熱中することがあるのはいいことだ、って、学校の先生なら言うだろうけど。

「へへっ……俺だって絶対、いつか、自分の力で作家になってやるんだ……！」

脳内麻薬ドバドバで奇妙な気分になりながら、俺はベッドにダイブして目をつむる。

瞼《まぶた》に浮かぶのは、あの学校一の美少女、瀧上凛夏の姿だ。

そうだ、いつか自分の力で作家になって、俺は——。

きっと凛夏に告白して、付き合うんだ……。

あいつが、オーケーしてくれれば、だけど……。ZZZ……。

◇

そしてあっという間に授賞式の日が来た。

「ハルくん、忘れ物はない？」

「っていうか持参物もとくに指定されてなかっただろ。せいぜい名刺くらいか。それはちゃんとポケットに入ってるし、ほら？　大丈夫だよ」

「……でも、やっぱりお母さん心配だわ。保護者として一緒に行ったほうがいいんじゃないかしら。編集部の方々に、息子がお世話になりますってご挨拶しておきたいし」

「いいよ、そういうの。こっちが恥ずかしいわ。だいたい母さんはどこかヌケてるんだから、つい口を滑らせちゃうかもしれないだろ。来ないほうがいいって」

「母さんがヌケてるんじゃないの。ヌケる小説を母さんが書いてるのよ」

「そういうこと言っちゃうのがだよ！」

怒鳴り散らして、俺は大股で歩き始める。

吊《つる》しの安っぽいスーツだが、学校のブレザーとはやはりどこか違って、着せられてる感を自覚できてしまっている。でも裾直しは美礼のお手製だ。あいつも母親として裁縫は自分の見せ場だと張り切っていたから、このスーツを着ないわけにはいかなかった。もちろん、美礼は自分の指に針を刺しまくってたけども。

その絆創膏《ばんそうこう》だらけの手を振る美礼を背に、俺は最寄りの駅へ向かった。

そして四十分後。

やっぱオールジャンル文庫は最大手なんだなぁ……。

授賞式の会場は、立派なホテルの一室を貸し切って行われるようだ。

エレベーターで五階『鳳凰《ほうおう》の間』へ。授賞式はこちら、との案内板に従って歩を進める。

角を曲がると、見知った女性が目に留まった。

担当編集の花垣カモメだ。普段はヨレヨレのダボダボの白衣姿で、髪もボサついている彼女だが、今日はさすがに身だしなみを整えている。化粧も普段より厚く、目の下のクマを隠している。改めて見てみるとかなりの美人だ。

「お世話になってます、花垣さん」

「はぁい、こちらこそ世話になってますー。さっそくですが案内しますね。編集部一同や、もう一人の受賞者もなかに入っていますので」

もう一人の受賞者。カリン先生といったか。

「どういう感じの人ですかね」

新人ラノベ作家というと、なんとなくだが二十代中盤から三十代前半くらいの男性というイメージだったが、カリン先生は現役高校生ということ以外、よくわからない。

しかし花垣はキョトンとする。

「あれ、会ったことないんですか」

「え？　あるわけないじゃないですか」

どこの誰かもわからないのだ。

「むっ？　そうなのですか……？」

意外そうに小首を傾《かし》げた花垣だったが、

「まあいいです。中に入りましょう。まずはこの名札をつけて」

種付けプレス、と書かれたネームプレート。

嫌々ながらそれを胸元につけた少年は（俺のことじゃない俺のことじゃない俺のことじゃない……）、担当編集の先導に続いて会場に入る。

花垣が重厚そうなドアを開けて、一歩進むと、

「種付けプレス先生、ご到着です！」

と大声で叫んだ。

やめてくれ恥ずかしい死にたい、と俺は顔を伏せる。しかし、会場のどよめきは圧倒的だった。

「おおっ！　あれが種付けプレス！」

「現役高校生にしてエロラノベ大賞を受賞した、新進気鋭のド変態！」

「近親相姦《そうかん》もので新しい境地を切り開いたらしいぞ！」

「編集部脱帽、陵辱ものを芸術の域にまで高めた天才だとか！」

「エロラノベ界の次世代を担《にな》う旗手！　種付けプレス！」

「見た目はけっこう普通なのが、かえって威圧感があるじゃないか！」

「たーねーつけ！　たーねーつけ！」

これヒドすぎるだろ——。俺は歩きながら頭を抱えた。

記者会見場のようなレイアウトのホールでは、『たーねーつけ！　たーねーつけ！』の盛大なコールが湧き上がっている。カメラのフラッシュが焚《た》かれて写真も撮られまくっている。俺は必死に顔を伏せてカメラから逃れる。が、

「どうしました？　顔を上げたまへっ。胸を張りたまへっ。何を恥ずかしがる必要があるのです？　自分に自信を持って。さあ顕示するのです！　我こそが種付けプレスなのだ

と！」

「すんません黙ってください！」

あああ、もう最悪だ……。なんで俺が種付けプレスなんだよ、それ母親だぞ、いや母親が種付けプレスってのも受け入れがたいんだけどよ。ちっくしょー。

ようやく席に案内されるが、卓上ネームプレートにも『種付けプレス』と横書きされていた。

くっそ、マジで種付けプレス祭りじゃねえか……。

盛大な溜息《ためいき》をついて、どっかりと自分の席に腰を下ろす。このまま突っ伏して寝たい気持ちだったが、左隣りに人の気配を感じてハッとする。

そうだ、同期受賞者がいるのだ。カリン先生。ライバルでもあり、作家仲間でもある。

しかも同じ高校生。きちんとご挨拶しておかなければ——。

俺は慣れない動作でポケットから名刺を取りだしつつ、横を向く。

「あの、すみませ、俺、同期で、その——」

緊張しまくりでうまく言えなかったが、隣りの人物を確認して絶句した。

——女子⁉

うちの学校の制服⁉

っていうか、その睨《にら》みつけてくる可愛《かわい》い顔は――。

「……なんで、あんたがここにいんのよ！」

「そりゃ、こっちのセリフだろうがよ！」

瀧上凜夏。おまえが、『カリン』先生⁉　もう一人の受賞者だったのか⁉

俺も、凜夏も、驚きのあまり二の句が継げなかった。

Hahaoya ga ero-ranobe taisyou jyusyou site jinnsei tsunnda

霜《しも》村《むら》美《み》礼《れい》

Mirei Shimomura

profile

年齢：[redacted]歳

身長：164cm

体重：[redacted]kg

スリーサイズ：100/57/89（Hカップ♥）

好きなもの：息子、娘、エッチなもの

嫌いなもの：ホラー・残虐系作品（エロ有りなら可）

息子や娘が大好きで、二人のために立派な母であろうと頑張っているが、だいたい失敗していつも涙目になっている。お嬢様育ちのため世間ズレしていたり下ネタ好きのピンク脳だったりするが、性根は心優しく包容力に満ちた女性。

霜《しも》村《むら》春《はる》馬《ま》

Haruma Shimomura

何がどうなったらそうなんの!? 奇跡!?

profile

年齢： 16歳

身長： 172cm　**体重：** 62kg

好きなもの： 新しい試み

嫌いなもの： アボガド

イマイチ成果は出ていないが、作家になるという目標に向かって様々なレーベルの新人賞に応募を続ける努力家。ドジな母親によって日頃鍛えられているせいか、意外に面倒見が良く頼りになる人物として周囲から慕われている。

か、勘違いしないでよねっ!

瀧《たき》上《がみ》凛《りん》夏《か》

Rinka Takigami

profile

年齢： 16歳

身長： 161cm　**体重：** [redacted]kg

スリーサイズ： 87/57/85（Eカップ成長中）

好きなもの： 鈍感バカ

嫌いなもの： 鈍感バカ

基本的に人付き合いが下手なボッチ女子。春馬に対しては初恋ということもあり、素直になれず肝心なところで上手くいかない。学校一の美少女で男女問わず憧憬の対象だが、本人は変に慣れてしまっているためか、鈍感気味。

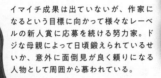

第二章『作家はだいたい社会不適合者で人生詰んだ』

　式が始まる前に、オールジャンル文庫編集部の面々が、一列に並んで名刺を渡してくる。ベルトコンベアに乗せられているように次々と、編集長、副編集長、エトセトラ、エトセトラ……。やはり最大手で一ヶ月あたりの出版枠も多いレーベルだと、編集者の数も両手の指だけでは数え切れない。

　だがそれよりも気になるのは、隣りに座っている女子だ。

　ネームプレートには『カリン』とカタカナで書かれてある。それがペンネームなのか。リンカを並べ替えてカリン。ド直球じゃねえか！

　しかしそれでも、俺はまだ信じられないし、信じたくない。

「凛夏《りんか》、おまえ、本当に受賞者なのか⁉」

「なによ、文句あんの⁉」

「誰かの代わりに、カリンってペンネームを名乗ってるだけじゃないのか⁉」

「ハア⁉　そんなことするわけないでしょ⁉　作家代行⁉　んなことして何になるわけ⁉

少しでも作家のプライドがあったら、他人の代わりに受賞者を名乗るわけないでしょうが‼」

「あ、死にます」

「ちょっと⁉　なにいきなり穏やかな表情になってるのよ！」

「いえ、僕が悪かったんです。これですっきりしました。やはり最初から間違ってたんですね。首吊《くびつ》って出直してきます」

「ほがらかに微笑《ほほえ》まないでくれる⁉　大丈夫⁉　ねえ、ちょっと⁉　霜村《しもむら》⁉」

肩を揺さぶられても、俺は悟りを開いたお釈迦様《しゃかさま》のように慈悲深い表情を上げ続ける。

受賞して作家デビューして気になる女子に告白する‼　と決めていたのに、その気になる女子は先に受賞して作家デビューが決定。対してこちらは母親の代わりに『種付けプレス』を名乗って作家のフリをしている詐欺師であった。そりゃ即身成仏《そくしんじょうぶつ》くらい余裕よ。

『では授賞式のほうを開会いたしまぁす。わたくしオールジャンル文庫編集部の花垣《はながき》カモメと申しますぅ』

わずかな熱気と、新人の今後の活躍に期待する温かい雰囲気。

授賞式は滞りなく進み、出版社のお偉いさんや、先輩作家さんからの叱咤激励《しったげきれい》の挨拶が行われた。

『次に、賞状とトロフィーの授与。ファンタジー部門大賞受賞者、カリン先生』

「はい」

『エロラノベ部門大賞受賞者、種付けプレス先生』

「……はい」

『お二人とも壇上へお願いします』

俺と凜夏は連れ立ってステージに上った。

役員のお偉いさんが、賞状を手に笑顔で待ち構えている。

先に凜夏が賞状やトロフィーを受け取った。学校の全校集会で、校長から受け取るのとそう変わりない感じだった。凜夏はそのままスタンドマイクの前にいき、挨拶を始めた。

『皆さん、初めまして。ペンネーム、カリンと申します。今回、拙著「星屑《ほしくず》の朽ちる先で会いましょう」で第十一回オールジャンル小説新人賞、ファンタジー部門大賞という身に余る栄誉を与《あずか》りました。拾い上げてくれた下読みの方や、審査員の方々には、感謝の言葉もありません』

会釈《えしゃく》する。

おお、と俺は傍《かたわ》らで驚く。凜夏のやつ、こういうふうに如才なく挨拶できるもんなんだな。でも、言ってることはなんだかラノベのあとがきコーナーっぽいぞ！

が、話が続くと、どんどん凛夏は赤面し、声は小さくぼそぼそと呟《つぶや》くようになっていった。そしてなぜか、こちらをチラチラ見てくる。

『あたしがこの作品を書くきっかけとなったのは、その、あの……大切な（チラチラ）……ええと、同級生が（チラチラ）薦めてくれたラノベが面白くて、それで……（もじもじ）だから……一歩でも、あの人（チラチラ）に近づきたくて……その、それで……』

もう聞こえない。マイクで音量増幅しているのに聞こえないのだから、ほとんど発声されていないに等しい。

『あ、ありがとうございました！』

最後だけ大慌てといった感じで頭を下げ、小走りでステージ脇へ逃げてくる。

戸惑っていた会場も、最後は温かい拍手を送ってくれた。

「緊張しすぎだろ、おまえ」

「うっさい！」

凛夏は耳まで真っ赤になっており、半泣きのような感じで、俺の肩のあたりを引っぱたいた。あんたのせいなんだから、あんたのせいなんだから、これ全部、あんたのせいなんだからね……と小さく言いながら。

『では次に、種付けプレス先生。お願いします』

「はい」

俺も先ほど凛夏がやったのと同様に、賞状とトロフィーを受け取る運びとなる。

しかしお偉いさんもペンネームを呼ぶときには「種付け、プレス……？　くすくす」と失笑していた。カミカゼ特攻隊に志願したくなるところだ。

ところが、俺はここでニッコリと微笑み、次にスタンドマイクの前に立った。憑《つ》き物《もの》が落ちたようなスッキリした笑顔を上げていることがわかるだろう。

『初めまして、種付けプレスです！　僕なんかは本来ここにいるべきではないのですが、なんの因果か奇妙な運命の糸に搦《から》め捕られてしまいました！　正直に言って死にたいです！　十字架に磔《はりつけ》にされて火あぶりにされながら、ごめんなさいごめんなさいと神様に許しを乞いたいです！』

ハイテンションで自虐しているものだから、会場からはクスクスと忍び笑いが漏れている。

しかし実際のところ、俺は冗談や誇張などしていなかった。だいたい事実だ。

この二週間で溜《た》まりに溜まった鬱憤を、俺はマイクに乗せて語り聞かせ、数々の失笑を買うと、最後に、と続けた。

『最後に、皆さんに重大なお知らせがあります！』

ん⁉　と会場の注目が、先ほどまでとは違う意味で集まった。

担当編集の花垣も、思わず浮き足立っている。公式の場だ。記者らしき人物も見受けられる。妙なことを口走られるとまずい、と焦《あせ》っているのだろう。

凛夏までが、ちょっとあいつ大丈夫なの⁉　と心配げに眉をひそめている。

しかし、ぶっちゃけるか、と俺は思った。もういいや、という気分なのだ。これ以上隠したってしょうがない。このままの勢いで言ってしまおう、と決めた。

『じつは！』

俺は大きく息を吸い、ずっとひた隠しにしていた真実を暴露した！

『俺は！』

そう、俺は。

『童貞だあああああああああああああああああああ‼』

〝――――――〟

会場は目を丸くして硬直した。

凛夏は目をぱちくりして、頬を朱に染めた。ふ、ふぅーん、みたいな顔だ。

一方で次の瞬間、
うおおおおおおおおおおおお――。

会場はなぜか大盛り上がりだった。

妙なハイテンションになった俺は、自分でも何を言っているのかわからないがとにかく叫ぶ。

『童貞が官能小説書いて悪いかあああ！　こんなん全部、妄想だ！　俺は女子と手を繋《つな》いだことすらねえぞ！　中学のフォークダンスだって、人数合わせで女子のほうに並んで、男子と手を繋いで踊ってたぞ！　そんな俺がエロラノベ大賞だあ？　文句あるやつはかかって来いやぁぁあああああ！』

『たーねつけっ！　たーねつけっ！』

自分で言うのもなんだが、イキリ童帝ここに極まった。俺は賞状やトロフィーを投げだし、マイクを摑《つか》み上げると『ロックンロール！』と絶叫していた。

ライブ会場のような熱気がホールを満たし、観客は総立ち。出版社のお偉いさんまでもが「ふぉおおおお！　おっぱいぃぃいいい‼」となぜか絶叫している。

凜夏はそんな周囲の盛り上がりに戸惑い、なんでこんな歓声が上がってんの、あたしがおかしいの、と周囲をキョロキョロしている。

俺はラブソングをアカペラで歌い出した。

◇

ライブ会場――もとい受賞式場をあとにして、パーティ会場がある繁華街へと向かう。

とある雑居ビルの上階にあるらしい。エレベーターには受賞者二人きりで乗せられた。

「ほんっと信じらんない……」

賞状やトロフィーの入った紙袋を手に提げた凛夏が、独り言半分、叱責半分の微妙な語調でそう言い放ってきた。複雑そうな表情だった。

「いきなり、あんな恥ずかしいことやりだして。こっちまで迷惑かかるじゃない」

「いや、すまんな」

「すまんじゃない！　あんたとあたしは、同じ学校のクラスメイトで、同じ新人賞で受賞した同期なのよ！　いつだって比べられるんだから！　あんたの勝手な振る舞いのせいで、こっちにまで迷惑がかかるってこと、ちゃんと理解しなさいよね！」

「そ、そうだよな。ほんと悪いと思ってるよ」

俺は凛夏に平謝りだった。

「なんか、俺も緊張しちまって……よくわからなかったんだ。まるで自分じゃないっていうか、他人に体を乗っ取られた感じだった……こういうこともあるんだな」

最近、いろいろ精神に過大な負荷が掛かっていた。決壊して一気に溢《あふ》れ出《だ》してしまったのかもしれない。

だけど、ともかく授賞式を乗り切って、俺はエロラノベ作家『種付けプレス』としての人生をスタートさせたのだ。母親の代理という立場ではあるけれど、同期にはあの憧れの超絶美少女、瀧上《たきがみ》凜夏がいる。

こ、これって、凜夏と仲を深めるチャンスじゃね⁉

同期なら何かと話をしやすいし、一緒に取材したりとかできるかも……⁉

そして今、凜夏とエレベーターで二人きりで……！

やべ、ちょっとドキドキしてきた……！

一方で凜夏も、頰を染めてもじもじしていて、また何かごにょごにょ言っている。

「まさか霜村が同期受賞者だったなんて……！　で、でも、とにかくこれはチャンスじゃない⁉　同期のよしみってことを口実にすれば、あんなことやこんなことまでできるかも……⁉　よ、よし、ここは勇気を振り絞って……‼」

凜夏は何やら覚悟を決めたように頷《うなず》くと、上目遣いに窺《うかが》うようにしてこちらを見る。

「……ね、ねえ、霜村。あれ、本当なの？」

「あれって？」

「だから、女子と手を繋いだこともないとか……」

「わ、悪いかよっ。言っとくけど、そういう男って少なくねえんだからな！　バカにするなよ！」

「ば、バカになんてしてないわよ！　……だから、それなら、ね？　あんたが、どうしてもって言うなら、あのね？」

ん？　なんか凜夏がチラチラと見てきて、恥ずかしそうに両手の指を弄んでいる。

「どうした……？」

「手……」

「て？」

「……か、勘違いしないでよねっ。同期のよしみってだけだから！」

「……？　何が言いたいんだ？」

俺は小首を傾《かし》げる。凜夏はもう顔が真っ赤だ。

「だから！　あたしが手を繋いでやってもいいって――」

遮るように、けたたましい着信音が鳴り響く。

『マミー！　マミー！　緊急事態！　ハルくん助けてぇ～！』

「えっ、何この着信音⁉」

凛夏が愕然《がくぜん》とした。

俺のポケットからバイブ音とともに聞こえてくるそれは、俺には聞き覚えのある人物の録音声だった。電話が掛かってきたらしい。俺は慌ててスマホを取りだして画面を確認した。『あなたの大好きなお母さんとのホットライン☆』と表示されている。

切った。

あのクソババア！　何勝手に設定いじってやがんだあ！　っていうか、いつどうやってセキュリティを突破しやがったあ！

内心を隠しつつ、俺は凛夏に取り繕う。

「悪い、マナーモードでも鳴るやつだったてへぺろ」

「あんた、授賞式の最中に鳴らなくて良かったわね……」

ほんとだよ！　まあ終わる頃を見計らって、どうだった？　って聞いてくる電話だったんだろうけどな！　もう電源切っとくわ！

「それにしても、今の着信音って、何か変じゃなかった？　普通、着信音って音楽とかだと思うけど、なんか、女性の声だったような……」

母親の声を着信音にしている、だなんて知られていいわけがなかった。

「そそそ、そんなことよりも！」

俺は強引に話題を逸《そ》らす。逸らさなければならない！

「さっき、何を言いそうになったんだ？　手を繋ぐがどうとか……」

「あ、そ、それはね……！」

凛夏はまた頬を染めて、もじもじし始める。

「あ、あんたも、ラノベ書くのに、何も経験ないんじゃ、今後に差《さ》し障《さわ》りがあるだろうって、思うし、て、手を繋ぐぐらいなら、あたしが――」

チーン、とエレベーターが到着し、ドアが自動で開く。

途端に、

『おめでとー‼　サプラーイズ！』

と先輩作家さんたちが、視界いっぱいに広がるような花束の数々を押しつけてきた。

俺は圧倒されて仰《の》け反《ぞ》るばかりだった。凛夏も似たようなものである。

そして両手いっぱいに花束を抱えさせられ、パーティ会場である洋食居酒屋に入っていく。店内は木目調で、西欧風のアットホームな雰囲気だった。

「カリン先生はあっち！　種付けプレス先生はこっち！」

「受賞者はバラけさせるのが通例でね」

「へへ、二人はデキてるかもしんねえけど、我慢してな？」

下世話な先輩作家さんに、俺と凜夏は大慌てで『つ、付き合ってませんから！』と声をハモらせた。ひゅー、と口笛を吹かれてしまう。ノリノリか先輩たち……。

ともかく俺と凜夏は引き離され、パーティが始まった。

俺の左隣りの席には担当の花垣《はながき》カモメがいる。その彼女が紹介した。

「紹介しまぁーす。キミの右隣りに座っているのが、下読みでキミの作品を拾い上げてくれた第一次の審査員です」

二十代前半くらいの若いお兄さんだった。柔和な笑みを浮かべている。全体的に優しい雰囲気を纏《まと》った、人の好《よ》さそうな青年である。

「彼が最高評価をつけてくれたから、その後の審査でも注目が集まりましたー」

ということは、種付けプレスの産みの親の一人になるわけか。

縁のある先輩作家さんだ。俺が代理であることは言えないが、本当の受賞に向けて、いろいろ勉強させてもらおう。

「あ、ありがとうございます。ええと、お名前は……？」

と花垣を窺う。花垣はニッコリと微笑《ほほえ》んで、

「『立ちバック千枚通し』先生でぇーす」

「すみません聞き取れませんでしたもう一回お願いします」

「だから、立ちバック千枚通し先生ですよ？　何度も言わせないでくださーい。というより、名刺を交換したまへっ」

俺はスーツと一緒に買ってもらった名刺入れを取りだし、立ちバック千枚通し先生に向き直った。向こうも柔らかい笑みで、名刺を構えている。

「どうも、立ちバック千枚通しです」

「あ、これはご丁寧に、どうも……種付けプレスです」

混迷極まる名刺交換だった。

受け取った名刺には、たしかに『ロマンス・ラヴァー　立ちバック千枚通し』とやたらと格好いいフォントとデザインで描かれてある。本来素っ気ないはずの住所や連絡先までもが、滲《し》み出すオサレ感を隠し切れていない。表面にはラメ加工までされてあって、光を反射してキラキラと輝いていた。たかが名刺にどんだけ力入れてんだ——。

「……凄《すご》いですね、これ」

「高かったからね、普通の名刺より十倍の費用がかかったよ！」

じゃあ一枚あたり百円⁉　これでジュース飲めんのかよ⁉　ロマンス・ラヴァーやべえな！

「立ちバック先生はうちでも売れっ子の一人ですからねー。キミの作風とも近いし、勉強させてもらいなさぁい」

「よ、よろしくお願いします」

「ああ！　こちらこそよろしくお願いします！　君の『ギリシャ神話よりかくあれかし』は、僕もひと目見た瞬間から惚《ほ》れ込んだよ！　絶対に受賞間違いなしって太鼓判を押して、編集部にも絶対受賞させるよう訴えかけたからね！　ちゃんと受賞してくれて一安心だ！」

声デケえなこの人！

逆側からは、花垣が最初からウィスキーをダブルのストレートで傾けつつ、

「まったく、立ちバック先生はしつこかったですねぇ。私だって『ギリ神』二次予選に上がってきた時点で、これは受賞するでしょう、って感じだったのに、何度も念を押してくるんです。これだから早漏なのに弾の補塡が早い人は」

「サーセン！　自分ガトリング砲って呼ばれてるくらいなんで！」

あはは、とテーブルは盛り上がってる。平然と下ネタ混ぜて盛り上がるなんて、男子高

校生かこいつら――。

「次にこちらの方は、二次予選で審査に関わってくれました」

たしかオールジャンル小説新人賞は、一次予選までは審査員は一人。二次から三次までは編集者と作家。四次と最終選考はそこに批評家やアニメ監督なども加わってくるという体制だったはずだ。

「昨年、『巨乳とブラ紐《ひも》の尊い隙間』でエロラノベ部門大賞を受賞した『緊縛セーラー服』先生です」

またキワキワなタイトルとペンネームだ。どう聞いても危ないやつとしか思えない。

しかし当の『緊縛セーラー服』先生は、これがなんと女性だった。背の低い陰気なオーラを発している。病的なメンヘラっぽい、というのが第一印象だ。

そんなセーラー服先生は、ニチャァ……と粘りけのある不快な笑みを浮かべると、名刺とともに挨拶してきた。

「どうも、緊縛セーラー服ンゴ。よろしくンゴ」

「よろしくお願いしま……ンゴ？」

語尾になんかついてないか？

「ふひひっ。ようやくワイにも後輩作家ができたンゴ。パシリにしてやるから覚悟するンゴ」

「すみません、この人、なんで語尾にンゴってつけてるんですか？」

「ああ、彼女はですね、いわゆる『なんjガール』ってやつなんですよ」

花垣が説明するが、俺は小首を傾げる。

「なんじぇい、ガール……ですか？」

「そうか若い子はあんまり知らないんですかね。『なんでも実況j板』という掲示板サイトの住民でしてね、昔は『2ちゃんねらー』と呼ばれていた人たちの成れの果てなんですよ」

「あ……（察し）」

「おい後輩！　何ンゴその可哀《かわい》そうなものを見る目は！　ワイはおまえの先輩作家やぞ！　敬えや！」

「いやでも、他人の足を引っ張ることでしか自己肯定できない人たちなんでしょ……？　先生が言ってました、優しくしてあげなさいって……。しかも女性でそんな掲示板の住民ってことは……元気出してください、人生きっといいことありますよ……？　つらくないですよ……？」

「こいつふざけてるンゴ！　おまえの本が出たらめちゃくちゃ酷評してやるから覚悟して

ろンゴ！」

　ふーふー、と野良猫《のらねこ》のように殺気立っている緊縛セーラー服（♀）。

「こんなのが一年先輩に当たるのか……こうはなりたくないな……」

「おい聞こえてるンゴ！　後輩のくせにイキってるとぶち殺すンゴよ⁉」

「イキってるのはおまえだろうが」

　花垣氏のチョップが、セーラー服先生の脳天に直撃した。「ンゴっ⁉」とセーラー服先生はリアクションを取る。

「痛いンゴ……痛いンゴ……」

　頭を押さえるセーラー服先生。花垣はその胸ぐらを摑《つか》み上げると、

「てめえ、私の担当作家に手ぇ出したら全裸に剝《む》いて吊《つる》してやんぞ、ゴラァ」

「ひぇっ……」

　一発でセーラー服は大人しくなった。隅っこでガクガク震え出す。

「さて、次は大物ですぞ。彼は最終選考の審査員。そして我がオールジャンル文庫一の売れっ子作家でもありまーす」

　花垣は取り直し、

「うちでは『挟まれやすい太股《ふともも》の彼方《かなた》～絶対領域の処刑方法～』で第一回のラブコメ部門

大賞を受賞し、三度のアニメ化経験もある『きめせく』先生なり」

えっ⁉　きめせく先生⁉　あの⁉

俺はあまりの驚きに愕然《がくぜん》として、すっかり固まってしまった。

「きめせく先生は二十年以上前から活躍し続けている大ベテラン作家でぇーす。どうやらキミでも知ってるようですね」

「知らないはずないじゃないですか！」

俺はようやくリアクションが取れた。そしてその夢のような現実を改めて呑《の》み込む。

目の前にいるのは、『ラノベの神』とも謳《うた》われる超売れっ子ラノベ作家なのだ。

「爆笑ラブコメで一世を風靡《ふうび》し、二十年経《た》った今でも、いや、二十年かけて根強いファンを増やし続けている大先生！　デビュー作シリーズは累計一千万部のベストセラー。おちゃらけた作風で次々とギャグが飛び出してくるのが売りで、その後もさまざまなジャンルに挑戦しながら、いずれも売れ続けている怪物！　ペンネームを替えて一般文芸でも売れまくってて、じつはあの本屋大賞を取ったのはきめせく先生だとか、何年の直木賞を取ったのも彼だとか言われてる！　執筆速度も恐ろしく速くて、アニメ化やゲーム化の監修をしっかりこなしながら毎月一冊以上刊行し続けている化け物‼　って言われてますよね⁉　このオールジャンル文庫だって、きめせく先生を中心に作られたって話で！」

矢継ぎ早に言う俺に、周囲は気圧《けお》された様子だ。

「やれやれ、きめせく先生の大ファンみたいですねー」

花垣が困ったように言うが、俺の興奮は冷めやらない。

「作家志望なら当然ですよ！」

俺の、憧れの作家が、今、目の前に!?

ラノベ作家としては爆笑ラブコメがメインだが……。

本人は、びしっとスーツを着こなし、ワックスで髪を七三に分け、黒縁メガネをかけている。神経質な経理担当のサラリーマンといった風情《ふぜい》だった。

この人が、あの、きめせく先生――。

「よ、よろしくお願いします！　あの、俺、あなたに憧れてて……！　あなたみたいになりたくてっ……！」

「……」

しかし本人は無口だった。一言も喋《しゃべ》らず、淡々と名刺だけを交換した。

なんだか拍子抜けだ。あまりこちらに興味がないように見える。

「ふん、去年のワイへの対応と同じンゴ。新人作家なんて毎年百人以上も生まれてて、そのうち五人に四人は一年で消えるンゴ。いちいち覚えててもムダだって思われてるンゴ」

一年先輩のセーラー服先生が不満げにそう言った。

そうか、きめせく先生は二十年も業界の最前線にいるのだ。新人だって腐るほど見てきただろう。そしてその大半が生き残れなかったことも……。俺のことも別に期待なんてしてないわけだ。

しかしそう考えると悔しい。せっかく憧れの人に会えたというのに、こんな塩対応じゃあな。どうにか鼻を明かしてやりたいところだ。最新作のあとがきにあった「第一回『脇とは女性器に含めるべきか否《いな》か』についての考察」でマニアックな話とかできねえかな。

立ちバック先生が取りなすように、

「ああ、きめせく先生はそういう人だから。あまり気にせず、というか気を使わず、ラブドールがそこに座ってると思えばいいよ」

「じゃあ押し倒していいんですかねえ」

俺は普段どおりツッコミを入れてしまってから、あっと声を上げた。しまった、ラブドールと思って押し倒すだなんて。あのきめせく先生になんて失礼なことを――。

しかし、ほう、と先輩たちは感心した様子だ。

きめせく先生までもが、こちらに注目しているではないか。

「これは面白い新人が出てきたものだ」

いやなんで今ので興味持たれるんだよ⁉　俺あんたのことラブドールと思って押し倒すとか言ったんだぞ⁉

「ふふ、最終選考でも言ったでしょう。見込みのある新人が現れた、と……」

花垣《はながき》の言葉に、きめせく先生はインテリっぽい動作でメガネのツルを押し上げる。

「くくく……。正直にいって受賞パーティなど気分転換ていどにしか考えていなかったが、なるほど、なかなかどうして、想像以上に種付けプレスはできると見える。面白い。この俺も貴様に興味が湧いてきたぞ」

きめせく先生の両眼《りょうめ》が妖しく光る。

ひぃ、と俺は背筋に悪寒《おかん》が走り、体が逃げそうになる。

だが、後ろは壁だ。そして両側は、花垣カモメと立ちバック千枚通し先生が塞いでいる。

正面からは、ビッグボス、きめせく先生と、一年先輩「なん.jガール」緊縛セーラー服先生。

逃げ道など、どこにも残されていなかった。

「やれやれ、それじゃあまず僕が、大人の世界というものを教えてやりますかね」

と指を鳴らしながら立ちバック先生。

「ふひひ、まずは軽くひねってやるンゴ」

と嫌らしい笑みでセーラー服先生。

「くくく、我ら『エロラノベ三連星』に加わることができるかな、種付けプレス？」

と腕を組んでボスっぽくきめせく先生。

すみません、エロラノベ三連星ってなんですか。そこに俺も加わっちゃうと『エロラノベ四天王』みたいに呼ばれちゃうんですか。嫌です死にたい。

「始めようか。徹夜でのY談を」

花垣がマフィアみたいなダークな雰囲気でそう言った。

俺は周囲を見回し、どこかに隙はないかと再三にわたって視線を走らせるが、やはり、包囲網は完璧。逃げ場など、どこにも……。

『さあ！』

と周囲のヘンタイどもが詰め寄ってきた。

『処女も股を開くような、全力☆下ネタトークを‼』

ひ、ひ、ひぃ〜〜〜〜〜〜〜〜〜〜〜〜〜〜〜⁉

◇

二次会、三次会、と続いて、今や夜中の三時である。俺はひたすらに日本の将来を担《にな》う

ＨＥＮＴＡＩ☆エロラノベ三連星の先輩方と、それと肩を並べる担当編集者に連れ回された。

ＢＵＫＫＡＫＥが世界を救う、とか言われても、知らねえよ……。何なんだよ、この人たち……。頭おかしいよ……。

だが、さすがに憔悴《しょうすい》したのは俺だけじゃなかったらしい。

緊縛セーラー服先生は、眠そうにふらふらしている。

立ちバック先生も、明日も仕事だからと帰りたそうだ。

しかし、一方で、きめせく先生はまだ余裕の表情だ。

「ふん、情けない。貴様らそれでもエロラノベ三連星の端くれか。四日程度も徹夜できなくて、締め切りなんて守れると思っているのか？」

ちょっと人間とは思えないセリフが聞こえたんですけど。え、四日徹夜とか言った？

「きめせくみたいな脳内麻薬お化けと一緒にしないで欲しいンゴ……。普通、きめせくみたいなワーカホリックは早死にするンゴ」

「さっさと死んでその席を明け渡してくださいよー」

「軟弱者どもめ。自力で奪い取ってみせろというんだ」

メガネをくいっと押し上げて、侮蔑の視線を向けるきめせく先生。

「まったく、エロラノベ三連星も墜《お》ちたものだな」

花垣が「まあまあ」と取り直した。

「今日はみんなアルコールも進んでいましたし、セーラー服先生と立ちバック先生は私がホテルまで送っていきますよ。――それでは。また今度呑《の》みましょ」

あ、いいな、俺も帰りてえ。六時間前から思ってたけど俺も帰りてえ。っていうか未成年が深夜に出歩いちゃいけないんだぜ本当は。

「種付けプレス、貴様はまだ余裕があるようだな？」

「ぎくっ」

「ついてこい。高い酒を飲ませてやる。感謝しろよ。この俺とサシで飲める作家なんてそうそういないんだからな」

「いや、すみません、俺未成年なんで、お酒はちょっと……」

「いいから来い」

首根っこを掴《つか》まれてぐいぐいと引っ張られてしまう。

「ちょ、わかりましたから放してください！　ちゃんとついていきますから！」

ふん、と鼻を鳴らすと、きめせく先生は俺を投げ捨てるように乱暴に放した。それからズカズカと歩を進める。

都会の明け方。酔いつぶれた人が歩道の脇に転がり、すえたニオイが鼻をつく。

改めて考えてみれば本当に、きめせく先生と二人きりというのは貴重な体験だろう。

現代日本のラノベ業界で、不動のナンバーワンに輝く巨星。

このアイデアなら勝てる！　と思って企画中だった作品が、すでにきめせく先生が何年も前に執筆済みで、しかも読んでみると、俺が考えていたよりも遥《はる》かに面白く仕上がっていて……。そういうことの繰り返しだ。

きめせく先生という作家は、いつだって俺の想像を超えていく。

そんな、雲の上の存在が、今、俺の半歩前を進んでいるだなんてな。

その背中に羨望《せんぼう》の眼差《まなざ》しを向けてしまう。

きめせく先生は、肩越しに少しだけ振り向いた。

「種付けプレス、貴様からは俺と似た匂いを感じる」

「え、俺が……きめせく先生に似てる？」

嬉《うれ》しさで眠気が吹っ飛びそうだ。業界最高のトップライターと、この俺が似ているっていうのか。それをきめせく先生当人が認めるというのか。

頬が緩むのを止められない。

「ありがとうございます」

「別に褒めたわけじゃないがな」

素っ気なく言って、さらにきめせく先生は続けた。

「種付けプレス、貴様、徹夜が余裕みたいだな。十代の若さだけが理由ではあるまい。普段から、たまに徹夜しているんじゃないか？」

「ええ、たまにですけどね。筆が乗った時なんか、時間を忘れて書いてしまうたちでして。こう、脳内麻薬がドバドバ出て、他の何も気にならなくなるんですよ」

「……」

「きめせく先生も、そうなんですかね？　さっき四日徹夜するとか言ってましたし。やっぱり一流のプロになると、他の何もかも犠牲にして、執筆にだけ専念する、みたいなところってあるんですかね」

「……バカめ……」

聞こえるか聞こえないかの小さな声でつぶやくと、きめせく先生は踵《きびす》を返し、

「こっちだ」

と先導した。

きめせく先生が案内してくれたのは、瀟洒《しょうしゃ》なビルにあるオシャレなバーだった。

その高級感溢《あふ》れる内装や、美しくライトアップされたバーカウンター、そして品のある

立ち振る舞いをするバーテンダーに、俺は目を奪われて立ちすくむ。

店員の案内もなく、顔パスなのか、アイコンタクトで入店を許可される。

すっげー、こんなところが行きつけの店なのかよ。

俺はおっかなびっくりで先生の後ろについていくが、

「む？」

と先生が急に立ち止まったものだから、その背中に鼻をぶつけた。

「千里《せんり》か」

「げっ、きめせく⁉」

見てみると、テーブル席に女の子が二人、座っている。一人は千里と呼ばれた、小学生くらいの小さい少女（え、こんな幼い子が、こんな時間に、こんな場所にいていいの？）と、もう一人は、……って。

「凜夏か」

「げっ、霜村⁉」

一次会の会場で別れて以来だ。もうなんか、ヒドく懐《なつ》かしいです。おまえに会えて嬉しいよ。一人は心細かったよ。ありがとう凜夏。

「ちょっとなんで泣いてんの⁉」

「いや、平凡って幸せなんだなって思って。日常っていいよね……」

「意味わかんないんですけど！」

それから凛夏は頬を赤くして、自分の髪型を気にすると、ちょっと失礼します、と言って化粧ポーチと思われるものを持ってトイレに行くのかと思いきや、

「まだ帰っちゃダメだからね霜村！　ちょっと待ってなさいよ！　気合い入れてくるから！」

いや来たばっかりなのに帰るわけねえだろ、と答える前にトイレに消えてしまう。なんなんだ、あいつ。化粧直しか？　知り合いが来たから？　女って面倒くさいんだな。

しかし俺と凛夏がそんなやりとりをした一方で、きめせく先生と千里は無言で、真っ直《ます》ぐ睨《にら》み合《あ》っていた。

ゴゴゴゴゴゴ……。って、なんだ、この張り詰めた空気……？

二人は何か、因縁の仲なのか？　俺みたいな新人には窺《うかが》い知れない、先輩作家同士の戦いがあるのか？

先に口を開いたのは、千里のほうだ。

「久しぶりじゃん、きめせく。あんたこの前、ラノベ作家協会賞を取ったってね。自分が立ち上げたアソシエーションで自分がアワードなんて、ちょっと意識低いんじゃないの？

「どう見てもマッチポンプやないか」

「バカか。俺は名前を貸してやっただけで、協会の設立や運営にはほとんどノータッチだ。ラノベ作家協会賞だって三回辞退したのに、『いい加減にしろ、きめせくが最初に受け取らないとみんなに渡せないだろ』って怒られたから仕方なく貰《もら》ってやったんだ」

「くっ……！　なかなか意識高い行動してるじゃない！　さすがね、我がライバル……！」

話に置いてけぼりの俺は、きめせく先生に聞いてみた。

「先生のライバルなんですか？」

「いや？　こいつが勝手にそうのたまっているだけだ」

「……！」

千里は涙目でプルプルと震え、怒りを我慢しているようだった。

「紹介しといてやろう。こいつはペンネーム『千里えびでんす』。三年前にオールジャンル小説新人賞で、社会派ジャンルの大賞を受賞してデビューした。その作品は前クールにアニメ化されたが、あまり話題にならなかった」

「余計なこと言わんといてや⁉　だいたいうちの作品はアニメには向いてないって散々訴えたのに、プロデューサーと編集部がステークホルダーがアンサートンでパートナーシップが架けるって言うから！」

「えっ⁉　なんて⁉」

ステークホルダー⁉　アンサートン⁉　何それ⁉

「ちょっと何語しゃべってんですか、この子？」

「気にするな。普通の女子大生だ」

普通⁉　見た目からして小学生なんですが⁉　さらにこんなこと言うんですよ？

「だいたい深夜アニメ見てる層なんて、ベネフィットがエクスペクテーションできないオッド・カスタマーなんやから、うちのグランドデザインに合わへんねん！」

「これで普通なわけないですよね⁉」

なんて言ってるのか全然わからん！　ベネフィットとかエクス……なんて⁉　もう聞き取ることもできねえわ！

「ふん、まあいい。たまには貴様とも飲んでやるか」

「ちょっ、きめせく、そこはカリンの席やで。なに新人の席をトップライターが奪ってんねん。そこは神クラスってアサインされてるユーがそのイニシアチブを活用してＶＩＰ席にうちらをチェックインさせてくれるんとちゃうんかい」

千里はろくろを回すような手の動きをしていたが、俺は気になったことを聞いてみた。

「すみません、なんで関西弁を交ぜてるんですか。しかも間違ってますよね？　関西の人に怒られませんか？」

「……！」

千里は涙目でプルプルと震え、怒りを我慢しているようだった。

そこへ凛夏が戻ってくる。化粧か？　なんかさっき見たときよりも微妙に顔が変わって、可愛《かわい》くなってる気がするのだが。髪型も、徹夜にしては乱れていない。直してきたな。

「ど、どう？　霜村……？」

「え？　どうって……まあ、カワイイんじゃないの？」

「まあカワイイって何よ、まあって。もっと言い方あるでしょ」

「ああ、すっげーカワイイから」

「なんか平坦《へいたん》じゃない⁉　もっと感情込めなさいよ！」

うるせえ、おまえが可愛すぎて直視できねえんだよ。察しろよ。

俺が酒ではない理由で赤くなった頰を掻《か》く一方で、凛夏は千里の異変に気づいた。

「って、あれ⁉　なんで千里先輩、泣きそうになってるんですか⁉」

「多感なお年頃なんだよ。スルーしてやれ」

いろいろ察した俺はそう言った。先輩からも後輩からもボコられたら、そりゃ泣くだろ。

「っ！」

千里は思いきったように、美しいサファイア色のカクテルを一気に飲み干す。

さすがのきめせく先生も、心配と叱責が半々の声を上げた。

「貴様、それ、けっこう強いやつだろ」

「誰のせい――げほっ！　ぐほおっ！」

「バカめ」

咳《せ》き込む千里の背中をさすってやるきめせく先生。ナチュラルに優しくする姿が、俺にはかなり意外に見えた。誰に対しても冷たい、無関心なロボットのように思えていたからだ。根は優しい人なのかもしれない。

しかしそんな彼の手を、千里は振り払う。

「やめ、あんたなんかに、優しくされたく、ない――けほっ」

「ふん、しょうがないやつめ」

きめせくは身を引くと、注文した黒ビールで唇を濡《ぬ》らした。っていうかまだ飲むのか。

この人お酒めちゃくちゃ強いんじゃないのか。

少し落ち着いてから、改めて名刺交換し、お互いを紹介し合った。と言っても、俺と凜夏は授賞式の主役なのだから、先輩たちが知らないわけがない。

凛夏は、きめせく先生の名刺を貰っておきながら、あまりリアクションを取らなかった。はあ、どうも、という感じだ。

俺は堪《たま》らずコソコソと言う。

「おい凛夏、なんだそのうっすい反応は。きめせく先生だぞ。あのきめせく先生なんだぞ。言ってしまえばラノベ業界の重鎮だ。そんな大御所と名刺交換して、一緒に飲むなんて、めちゃくちゃ光栄なことなんだぞ」

「いや全然わかんないし。へえ、そんな凄《すご》い人なんだ。見た目はなんか普通のサラリーマンみたいなのにね。税理士の資格とか持ってそう」

当のきめせく先生当人はどこ吹く風で、黒ビールで喉を鳴らしている。

一方で、千里は顔を曇らせている。そしておつまみを食べていた箸を置き、口を開いた。

「新人二人そろったから、いい機会やから言うといたるわ」

改まった調子に、俺と凛夏も居住まいを正した。そして続く千里の声に耳を傾ける。

「うちは今回の新人賞で、四次予選の審査を担当した一人や」

「あ、そうだったんですか。ありがとうございます」

「礼を言われる筋合いはないで。なんせ、うちは——」

にやりと笑って、千里は見下すように続けた。

「おまえら二人ともに、最低評価をつけた。四次予選で落とすように他の審査員にも訴えかけた」

なんだって――？

今、千里は、俺たちの受賞には反対したと言ったのか⁉

意表をつかれた思いだ。授賞式からこっち、みんなが俺たちを祝福して、今後の活躍を期待して応援してくれたが……ここに来て、まさか真っ向から否定する人が現れるとは。

絶句する俺と凜夏に、千里は淡々と続ける。そこには意地悪な感情など見受けられない。真実をありのままに話すかのようだ。

「技術力も低い。テーマ性も薄っぺらい。面白くない――アンダースタンド？　うちはおまえらを作家として認めてへんねん。おまえら、もう筆折れや」

この、駄作製造機どもが――。

Hahaoya ga ero-ranobe taisyou jyusyou site jinnsei tsunnda

千《せん》里《り》 えびでんす

Senri Ebidensu

ハロー。「尊敬する歴史上の人物はスティーブ・ジョブズ」千里えびでんすとは、うちのことや

profile

年齢：20歳

身長：145cm

体重：37kg ← デリカシーがショートしてる項目

スリーサイズ： / /

好きなもの：マウント取れたときの自分

嫌いなもの：頑張れない自分

偉大すぎる父親にコンプレックスを感じており、そんな父に少しでも近づきたい気持ちの裏返しで（若干方向を誤り気味だが）意識高くあろうとしている。根は子供っぽく、傷付きやすい。また、非常に負けず嫌い。

第三章『スタバに美少女イラストを張りだして人生詰んだ』

授賞式から数日後。

世間は休日。待ち合わせ場所の駅前は、行き交う人々でごった返していた。

今日くらい俺もちょっとはオシャレをしようかと思って、いろいろ服を選んできたのだが、あまり気合いを入れすぎると空回りしそうで怖かった。結局、細身のシルエットに見える黒ずくめの服装になってしまう。陰キャだ……いや、陰キャで何が悪い！　と一瞬で自己弁護。

「霜村《しもむら》」

「お、凛夏《りんか》か」

よく通る銀鈴の声に振り向くと、そこにはすっかりおめかししたクラスメイトの姿があった。ほえー、と口を半開きにして固まってしまう。

白を基調としたクリンクルのワンピースに、ほっそりとしたシルエットが綺麗《きれい》に映える。キャミソールとのコーデで可愛さも同時に出しながら、背中や鎖骨といったセクシーポイントは露出した大人っぽさも丸だ。あまり女子高生が気取りすぎないように、足下は質素なサンダル、手首には簡素なブレスレットで散らしている。

「や。待った？」

頬を朱色に染めて、窺《うかが》うような流し目を送ってくる。

普段から可愛いとは散々思ってきたけど、こうして私服姿を見てみると確信した。やっぱ凛夏って、もの凄い美少女なんだな。

でも、俺は振り払うように首を振った。休日に駅前で待ち合わせなんて、まるでデートみたいだが、そうじゃないんだ。

俺たちはある人物から呼び出しを受けたのだった。

昨晩のことを思い出す——。

星空に三日月が出て、住宅街も静まりかえった夜だった。

俺が自分の部屋でノートPCに向き合っていたところ、こんこん、とノックがした。

『ハルくん、私、あなたの大好きなお母さんなんだけど』

『あ、知らない人です』

『それでね』

ガチャ、とドアが開いて美礼《みれい》が姿を見せる。あるぇー？　鍵かけといたはずなんだけどな……。

美礼は手にスマホを持っていた。

『知らない人からメールが来ているの。種付けプレス宛に』

『あ、そうか。授賞式でたくさん名刺を交換したから、誰か先輩作家さんがメールくれたのかな。誰からだって？』

『千里《せんり》えびでんす、って名乗ってるんだけど』

『え、千里が⁉』

『女性の方？　名前で呼び合う仲なの？　そんな！　ねえハルくん、授賞式の日、朝帰りだったけど、まさかその千里って女の子とホテルで……⁉　いやーん！　私のハルくんが大人になっちゃう〜っ！　初めては私って約束したのに〜っ！』

俺は冷めた目で自分のスマホを取り出し、メールアプリを立ち上げ、種付けプレスとしてのアカウントにログインする。美礼と共同で使っているアカだ。

そして千里からのメールを見つけた。開いてみる。

『種付けプレス様　お世話になっております。先日お話しさせていただいた千里えびでんすです。同じアジェンダを示したメールをカリン先生にもお送りしています。私たちのあいだに横たわるドラスティックなイシューにカウンターを食らわしてビート・ソリューションをもってブレイクスルーし――』

長いし意味わからん。読み飛ばす。

ええと？

要するに、話があるから駅前のスタバに凛夏と一緒に来い、ということらしい。

話をするのは別にいいのだが、しかし問題があった。待ち合わせ場所だ。

スタバだと……⁉

「なんでスタバだとそんな身構えんのよ」

凛夏の言葉に、俺は言う。

「おまえこそ、なんでそんなオシャレしてんの？　たかが先輩作家と話すだけなのに気合い入りすぎじゃね？」

「べ、別にオシャレなんてしてないし！　普通だし！　ふつーー！」

「やっぱスタバか？　スタバに入るにはそういうドレスコードが必要なのか？」

「いやスタバは関係ないんだけど……」

「そうか。まあ、女性作家同士だと、男には窺い知れない何かもあるかもしれないな。でも化粧はちょっと濃すぎるんじゃないか。すっぴんでもカワイイんだから、もっと素材を活《い》かしていけよ」

「あ、そ、そう？（モジモジ）……すっぴんでもカワイイ？（チラチラ）」

「おー。じゃあ行くぞ」

「返事軽い！　もっとなんか言いなさいよ！」

うるせえ、おまえが可愛《かわい》すぎて直視し続けるのツラいんだよ。わかれよ男心。

「……あんたがもっとカワイイって言ってくれないと、努力してる意味ないじゃない……！　わかりなさいよ乙女心……！」

凜夏もぼそぼそと何か文句を言っているようだ。ともかく。

くっそー、これが本当にデートだったら良かったんだけどなー。学校一の美少女である凜夏と休日一緒に過ごせるって、すげえ美味《おい》しい話なのに。これが仕事じゃなかったらなあー。

「……せっかくの休日デートなのに、この唐変木……！　なに真面目に仕事の延長線上みたいな気でいるのよ、バカ……！」

凜夏のごにょごにょはよくわからないけども。

ともかく俺たちは進撃を開始する。スタバまでは少し歩く必要があった。

――この、駄作製造機どもが。

ふいに脳裏をよぎった声に、悔しさが湧いてきて歯がみする。

そう、あのバーで千里に否定された時の話だ。

あのとき俺は、反射的にムッとしてこう返した。

『千里先生はそう思ったのかもしれませんが、他の審査員の方々は上にあげることに賛成したわけでしょ。千里先生のほうが間違っているんじゃないですか』

アニメ化もしている先輩作家に対して、かなり失礼な物言いだとあとになって後悔する。

それにあんな高いバーに後輩を連れていってやるような、後輩想《おも》いのいい人なのだと、冷静になって考えてみればわかるのだが。

しかしそれでも、俺は、自分が口走るのを止められなかった。

俺はあくまでも代理でしかない。だけど種付けプレスの『ギリ神』も、カリンの『星《ほし》屑《くず》』も、どちらも身内が書いたものだ。それを悪く言われるのは我慢ならなかった。

俺の声に異論を唱えたのは、千里ではなく、きめせく先生だった。

『種付けプレス、評価に間違っているも正しいもない。その人はそう思った、ただそれだけのことだ。ことコンペにおいては、審査員は一人ではなく、多数決の趣が強いがな』

『せやからって、うちの意見だけ無視していいわけやないやろ?』

千里は言う。

『おまいさんら二人の作品は、両方とも、家族愛を主軸に置いた作品や。せやけど、うちはこの家族愛こそがイシューやと思ったんや』

『すみませんイシューってなんですか』

『争点、問題点だ』

と、きめせく先生が補足して、

『千里、俺も最終選考の審査員として、四次予選を担当した貴様の批評にも目を通した。いろいろボロクソに叩《たた》いていたが、詰まるところ一つに集約できる。家族愛は今の時代に合うテーマではなく、同時代性にまったく問題がある、ということだと』

『せや。何が家族や』

千里は明らかに侮蔑した口調で、そう吐き捨てた。

『どいつもこいつも、家族家族家族家族――って。頭お花畑やないか』

なんだと――。俺は怒りで奥歯を噛《か》みしめる。千里が言ったのは世間一般、社会全体に対してだろうが、俺は自分の家族をバカにされた気がした。

うちの母親は、たしかに頼りがいのある親ではないし、俺だって妹の美悠羽《みゆは》からしたら、到底しっかりした兄貴とは言えないだろう。だが、俺たちには血の繋《つな》がった家族として、誰にも引き裂けない絆《きずな》があると確信している。恥ずかしいから口に出しては言えないけど。

だから千里の、家族そのものをバカにした発言は、土台許せる話ではなかった。あまりにも受け入れがたい罵倒だ。

怒りのあまり、俺はすぐに言葉が出てこなかった。

ここで凜夏が、堪《たま》らずといった調子で口を挟んでいた。

『家族の何が悪いって言うんですか。いつの時代の物語でも、家族愛は常に中心的なストーリーとして有り続けたはずでしょ』

もっともだ。俺は凜夏の意見に百パーセント同意する。しかし、

『その時代は終わったって言うてんねん！』

千里は怒りすらあらわにし、

『今の社会を見てみぃ！　従来どおりの家庭ってもんは明らかに崩壊しとるやろがい！　スマホによって家族間の会話もない！　子は親を疎《うと》ましく思って離ればなれ！　親はさらに上の高齢者を疎ましく思って老人ホームに丸投げや！　夫婦も今や離婚と再婚を繰り返して、それを見て育った若者は結婚に意義を感じられへん！　若者の未婚率は急速に上昇しとる！　つまり一人の時代や！　家族という仕組みはもう時代遅れやねん！』

だから、家族愛をテーマとした作品も時代遅れ。書くならせめて家族崩壊をテーマとす

べきだという。

これが社会派ラノベ作家、千里えびでんす先生の意見。

俺は正直、一理ある、と思ってしまった。

同時代性という観点から見て、家族愛というテーマは現代日本の世情を、いや世界中の先進国における家族問題を反映し切れていないのではないか……。

俺はこれまで、そういった社会問題を意識して執筆したことはなかった。ただ面白いと思ったものを、浅い考えで書き殴ってきただけだ。

千里はさすがプロ作家だと思った。これは皮肉ではなく、本当に意識が高いと思う。

もちろん千里の意見がすべて正しいわけじゃない。きめせく先生は即座に反論していた。

『貴様のそれは捉え方にもよる。種付けプレスの「ギリ神」はむしろ崩壊した家族が本物の家族愛を取り戻す物語とも言えるだろう。カリンの「星屑」も同様だ。一旦崩壊した家族が本物の絆を取り戻す物語だと解釈できる。俺はその点において、二人のテーマ性は現代社会を暗示し、人々が心の奥底で燻《くゆ》らせている本当に求めている家族愛を呼び起こすストーリーであると解釈した。同時代性はむしろ合っている』

『あんたの希望でしょ。そう思いたいだけ。違う？』

小バカにする千里に対し、きめせく先生は目を細める。

『貴様こそどうなんだ。審査に私情を挟んでいるんじゃないのか？』

『ッ⁉　はいィ⁉』

千里が顔色を変えていた。

『おまえ、何が言いたいねん⁉』

きめせく先生は相変わらずの冷たい表情で、怜悧《れいり》な視線を向けている。

『千里えびでんす、いい加減にしろよ。これまでは大目に見てやったが、貴様の増長ぶりは目に余る。自分が家族に恵まれなかったからって、審査に私情を挟むとは何事だ。恥を知れ！』

その瞬間、千里が一瞬で沸騰した。

『あんたにだけは言われたくない‼』

そう絶叫し、千里は出ていってしまった。

その後、きめせく先生は『すまない、巻き込んだな』と謝り、タクシーを二台呼んだ。俺と凛夏《りんか》をタクシーで帰すためだ。料金はきめせく先生の先払い。彼は『もう少し一人で飲みたい』と言って、バーに一人で残った。

きめせく先生と千里えびでんす。二人のあいだには、余人には窺《うかが》い知れない何かがある

のだろうとは察せられた。

俺と凜夏は正直、置いてけぼりだった。俺たちの作品に関する議論だったはずなのに、それを批評した二人が自分たちだけの世界に入ってしまった。話がよく見えないまま、あの日は解散となったのだ。

聞き流していい話だったかもしれない。忘れていい事柄だったかもしれない。

だけど、ただ一つだけ、見過ごせないものがあった。

千里はあの時。

涙を流していた……。

……そう、きっとこれは、きめせく先生と千里の問題で。

俺なんかにはどうすることもできない話かもしれないけれど。

何か、できることはないだろうかと、頭の片隅に引っかかってはいた。

駅を出て人混みを抜けたところに、小さなスペースがあった。

「……ねえ霜村、千里先輩に会う前に、ちょっといい?」

「ん?」

見てみると、凜夏は真剣な顔をして、目を伏せがちにしていた。

「千里先輩ね、そんなに悪い人じゃないと思う」

「……ん」

凜夏も俺と似た印象を受けたらしい。俺も、千里は悪いやつだとは思っていない。

「あのバーでね」

と凜夏は語り出した。

「あんたたちが来る前、千里先輩は凄《すご》く優しく接してくれてたの。作家とはどうあるべきか、とか、税金はどうすればいいのか、とか。編集部とのあいだで何か困ったことがあったら、いつでも相談していいから、って」

「ん……」

「作品の改稿に関するアドバイスもしてくれた」

「そうか」

「霜村はさ、あたしの『星屑』のあらすじ、読んだ？」

「読んだよ。特設サイトに載ってるやつな」

母親を早くに亡《な》くし、村のみんなに育てられた少女が主人公。

彼女は十四歳になると村を出る資格を得て、唯一の肉親である父親を捜す旅に出る。その過程で偶然出会った機械人形の少年が、じつは父の創作による魔導《まどう》兵器の一種で、帝国や大教会も父の行方を躍起になって捜していた。

そう、少女の父親こそ、世界の命運を握る天才的な魔導具開発者だったのだ。

いったいなぜ、父は家族を捨てて行方をくらませたのか？　父はどうして、世界を破滅に追い込むのか？

神々の深淵《しんえん》に、父親想いのただの少女が臨場する——。

オールジャンル小説新人賞・ファンタジー部門大賞『星屑の朽ちる先で会いましょう』

……。

「千里先輩ね、審査する時、最初にあらすじから読んだらしいんだけど、めっちゃ気に入ってくれて、あらすじだけで四次予選突破させようって思ったんだって」

「え？　でも、バーでは最低評価をつけたって……」

それだけでなく、筆を折れ、この駄作製造機ども、とまで言い切っていたぞ。

「真逆じゃん」

「うん、あらすじは良かったんだって……ただ、ラストがどうしても受け入れられなくて、ラストだけ大幅に改稿すれば、すごく良くなるって言ってた」

ラストだけ、か。

まあ確かに、終わり良ければすべてよし、逆に悪ければ読後感は最悪になってしまう。

ファンタジア文庫の最新情報が満載
ファンタジア FANTASIA チャンネル CHANNEL 2021 1
異次元の《大賞》受賞作、堂々降臨!!
《未来》すらも支配せよ
第33回ファンタジア大賞 大賞 受賞作
魔王2099
1.電子荒廃都市《サイバーパンクシティ》・新宿
著:紫大悟 イラスト:クレタ
今月の注目作!!
織田信奈シリーズ、現代特別編!
織田信奈の学園
著:春日みかげ イラスト:みやま零
ファンタジア文庫
毎月20日発売!
公式HP https://fantasiabunko.jp/
〒102-8177 東京都千代田区富士見2-13-3

ドラゴンマガジン3月号
王道ライトノベル誌
ドラゴンマガジン
3月号
好評発売中!
ファンタジアヒロインたちに
見守ってもらおう!?
仕事成功
恋愛成就
ミッションコンプリート!
わたしがいれ
これを持って、デートを頑張
ふろく 1
ファンタジア
OMAMORIカード
紙&
頭特集
ロクでなし
魔術講師と
禁忌教典《アカシックレコード》
リーズ累計360万部を突破して、
だまだ人気加速中の「ロクでなし」。
スティーナたちの魅力に迫る、
ァン必見の特集をお届け！
ふろく 2
「ロクでなし
魔法講師と禁忌教典《アカシックレコード》」
「スレイヤーズ」
B2ポスター
ディアミックス情報
好評配信中!!
ファンタジア・リビルド
スト／あらいずみるい、つなこ、トマリ、三嶋くろねラストの出来次第で、作品のイメージが丸っと変わってしまうことは、たまにある。

「じゃあ、おまえの投稿時の、改稿前のラストはどんな感じだったんだ？　ネタバレになっちまうが、この際、聞いときたい」

「別に、普通のハッピーエンド。妻を亡くして絶望し、星を破滅させてまで妻の蘇生《そせい》を目論《もくろ》んだ父親は、最後に娘との絆を取り戻して、世界を平和に導くの。親子の愛が、世界を救うのよ」

それはとても前向きなラストだ。おそらく主人公の母親は生き返らないのだろうが、その過去をしっかり背負って、残された二人は生きていく。

「悪くないんじゃねえの。悲しみを乗り越えた先に、本当の幸せがあるみたいな」

「うん、他の審査員は概《おおむ》ね同じ意見で、ラストがしっかり王道でよかった、って褒めてくれた。でも千里先輩だけは、それじゃダメだって。こう替えなさいって言ってきた」

「どう？」

「主人公がようやく見つけ出した父親は、じつはただのロボットで、本物の父親はとっくに死んでたって」

「それは……」

報われないにも程がある。

「本物の父親は、妻を亡くしたときに一緒に壊れて、頭がおかしくなって、感情を持たない冷たいロボットに殺されて、成り代わられてしまったんだって。ロボットは自分が何者かもわからず、ただ自分のことを博士本人だと思い込んでて、ただ妻にもう一度会いたいという感情だけが複写されてて、娘がいるってことはインプットされてなくて、ただ淡々と作業を続けるだけの機械人形なんだって。そのことを指摘されて、自分が機械だっていう証拠を見せつけられても、何も変わらず作業を続けて、世界の破滅も、娘のことも、何も気にしない、ただの機械で、ただの亡霊で、そのことを自覚しても、それでもただ淡々と、体が壊れるまで作業を続けるんだって」

俺は何も言えなかった。

あまりにも悲しいストーリーだ。

「あたし、そんな結末、嫌だって言ったんだけど、そこで、あんたたちが来て、話が中断されちゃったんだ」

「そうだったのか……」

「千里先輩、どうしてそんな悲しいストーリーにしろって、言ってきたのかな」

「さあな」

もし『星屑《ほしくず》』が最初からアンドロイドものだったとしたら、そういう悲劇的なストーリーもダメとは言わない。アンドロイドものは悲劇が受けるし、売れやすいのは、過去の例を見ても明らかだ。

しかし、『星屑』は近代ファンタジーで、機械と魔法が融合した世界で、娘が父を追う作品だったはずだ。千里の『アンドロイドものに替えろ』という意見は、だから、作品のコンセプトからガラッと替えてしまえ、と言っているのに等しい。

千里は、なぜ、そんなことを？

ただ単に、そのほうが面白いと思ったからだろうか。

それとも……。

わからないが、なら本人に聞くまでだ。

「行こう」

俺たちはふたたび歩き出した。

「スタバが俺たちを待っている！」

「いや、待っているのはスタバじゃなくて千里先輩でしょ……」

あーもうなんか門構えからしてオサレだ。店内を覗《のぞ》いて見ても、シャレオツなお兄さんやお姉さんばかりである。こんなところに俺たちが入っていいのだろうか。

ごくり、と息を呑《の》む俺だが、とにかく店内に入り、カウンターに向かった。

人生をかけた真剣勝負が今、始まる！

「ビバレッジメニュー？　なんですかそれっ……！　フラペチーノっ⁇　さくらアリュー……なんてっ⁇　サイズですか⁇　トール⁇　グランデ⁇　ベンティ⁇　あの、Ｍサイズとかってないんですか⁇　もうすみません、普通のやつでいいです……！　ただのコーヒーで……！」

俺は汗びっしょりになりながら、どうにか激しい戦いを乗り切った。

「ふぅ……。なかなかの強敵だったぜ……」

凛夏は据えた目で、じとーっと見てくる。

「あんた、スタバ入ったことないの？」

「うるせえ！　おまえみたいなＪＫと同じにするんじゃねえ！　こっちはラノベ作家だぞ！　普段からキャピキャピオサレってるわけねえだろうが‼」

「あたしも一応ラノベ作家なんですけど……」

くそ、そうだった。こいつ、現役ＪＫラノベ作家っていう異端の存在だったな。

俺は呼吸を整えて汗を拭った。

「まあいい。おまえは何を頼んだんだ？」

「クリーミーバニラフラペチーノウィズエスプレッソショットのトールでカスタムはキャラメルとノンファット」

「何その詠唱⁉　どんな魔法が発動すんの⁉」

「いや普通なんですけど……。それより、ほら、千里先輩いるよ。こっちに手を上げてる」

見てみると、たしかにあの合法ロリは千里だ。テーブル席に陣取ってマックブックを開いている。腕時計はアップルウォッチで耳には通称うどん。

俺はそのテーブル席に座ると、開口一番にこう言った。

「ラノベ作家がスタバでマックブック開いてラブコメ書くって、そんなこと許されると思ってるんですか⁉　スタバというブランドに対する冒瀆《ぼうとく》ですよ⁉　他のオサレなお客さんにご迷惑でしょうが‼　今すぐマックブックだけでも閉じなさい！」

「いきなり何なんこいつ⁉　だいたいうちはラブコメとか書かないし！　もっと言えばラノベ作家でもないし！　重厚な社会問題を描き出す一般文芸作家なんだけどたまたまラノベレーベルで刊行することになってるだけだし！」

「あーいますよねそういう勘違いラノベ作家。ラノベ作家のくせに自分は一般文芸書いてるって言い張ってるぅー」

「ここここいつケンカ売ってるやんけ！　後輩のくせに生意気すぎや⁉　っていうか、おまえなんでスタバ来て普通のアメリカンやねん！　他にもいろいろあるやろ⁉」

「うううううるせえ！」

まったく本題とはズレた話題で口論する俺と千里。

あのー二人とも声大きすぎなんですけど……、と凜夏が溜息《ためいき》をつき、クリーミーバニラ……、ええと、そういう名前のカフェオレっぽい何かに口をつけて言った。

「それで、なんの話でしたっけ」

「ラノベ作家がスタバでマックブック開いて執筆するのは有りか無しか」

「違うでしょうが‼　そんな不毛な話なんてしてないわよ！　ねえ千里先輩！」

「そう、スタバで普通のアメリカンを頼む男はチキンかそれともダンディか」

「だから違うでしょうが‼　そんなどうでもいい話していません！　今日どうしてあたしたちがここに集められたのかってことです！」

「ええ、この状況、どうして男一人に女二人なのかを説明すべきよね」

突如として割り込んできた声に、凜夏が驚く。

「あれっ⁉　この後ろの席にいるお姉さん誰？　霜村の知り合い？　『息子ＬＯＶＥ』ってシャツ着てる……」

「アッ⁉　なんでもないのよ！　私はただの通りすがりのお母さんなのよ！　気にしないで‼」

通りすがりのお母さんは、ハッとして自分のテーブルに戻った。思い出したように鍔広《つばびろ》の帽子とサングラスで顔を隠している。

え、何この人……、と凜夏や千里は不審そうな目を向け、戸惑っている。

しかし俺だけがわかってしまった。美礼のやつ、家からずっと俺をつけてきていたのか。ヘタな変装までして。普段ならもっと早く気づけただろうが、千里との話が気がかりで、俺も注意が散漫だったらしい。

俺は『息子ＬＯＶＥ』のシャツとか追及されたくないので、ごほん、と咳払《せきばら》いして注意を引いた。

「それで、千里さん。今日はどういった理由で呼び出したんですか」

「それならメールに書いとったやろ」

「意識高すぎて読めませんでしたよ！」

「ふっ、まあ新人でしかも高校生なら、うちについて来れんくても仕方ないか。ハァ～」

「いやそんな、わたし意識高すぎて困っちゃう周りが全然ついてこれないクソデカ溜息、みたいなことしなくていいんで。相手に伝わらない言葉なんて何の意味もないんで」

俺のほうこそ溜息をついて、

「大方、この前の続き、ってところですか」

「続き?」

凛夏は目を丸くしたが、千里は、我が意を得たりとばかりにニヤリと笑った。

「そう、続き。あの時は結局、きめせくが邪魔だったやん?」

「それで、トップライターのいないところで、こそこそ後輩をいじめるってわけですか。格好悪いですね」

「勘違いすんなや」

千里は軽く手を振って、

「対等な勝負をしようやないか」

『対等な勝負?』

俺と凛夏の声が重なった。

千里は頷《うなず》き、ろくろを回すような手の動きを始めた。

「あの時の話を整理すると、こうや。うちは家族愛がテーマなんて古い、そんなん書いて喜んどるような意識低い作家なら、最低評価、もう二度と小説なんて書かんほうがええ、と、そう言うたわけやけど、おまいさんらは、いやそんなことない、家族愛は普遍的なテーマで、それは今の時代でも充分に通用すると、まあそう訴えとったわけやな」

「うん……まあ、おおよそそんなところかな？」

あのとき反論していたのは、主にきめせく先生だった。だいたい審査員同士の意見のぶつかり合いだったのだ。作者にとっては、まあ読む人によって受け取り方は様々ですよね、で終わってしまう話ではある。凜夏も今さら怒っている様子はない。

だから、こんな話、蒸し返されても、何にもならない。

千里は、何か、ズレている。

このズレは、なんだろう。どこから始まったズレなのだろう。

「要は、家族愛をテーマにした作品は、現代でも受け入れられるのかどうか、そこが最大の争点なわけや」

「争点じゃなくてイシューですよね」

「ししし知ってるし！　イシュー、争点！　高校生にもわかりやすい言葉を使ってやっただけやし！」

なんでいきなり必死になってんだよ、この人。

「でな！」

と千里はわりかし強引に話を戻し、

「そこで、じゃあ実際に読者の反応を見てみようや。家族愛をテーマとしたラノベと、家族崩壊をテーマとした一般文芸、どっちが受け入れられるか」

「一般文芸？　千里さんもラノベ作家ですよね？」

「ちち違うし！　本当は一般文芸を書いてるけどたまたまラノベレーベルから刊行されてるだけやし！」

だから、なんでいきなり必死になるんですかねえ……。

「あの」

と凛夏が言う。

「勝負って言っても、どういう勝負なんですか？」

シンプルな話や、と千里は頷いて、マックブックのディスプレイをこちらに向けた。

とあるネット小説サイトが表示されていた。コンペの特設ページであるらしい。

「このコンペはプロアマ問わずの、ネット小説サイトのコンペや。ただし他のと比べて審査員がちょっと違う。普通はプロ作家や評論家、編集部、アニメ監督やプロデューサーが関わるもんやけど、これは一般読者の参加型や。審査はアカウント一つにつき一票の投票制になっとる。そして結果はランキング形式で発表される」

「なるほど」

俺は合点《がてん》がいった。

「ここにペンネームを伏せて投稿し、結果ランキングが上のほうが勝ちってわけですね」

「そっか。素性を隠して投稿すれば、みんな条件は同じなんだ。あとはどれだけ読者の心を摑《つか》める小説が書けるか、ってわけね」

凛夏の頷きに、千里も応える。

「とは言っても、うちは作家として先輩やし、ハンデはつけたる。おまえさんらのうち、どちらか一方でもうちより上やったら、こっちの負けでええわ」

「え、その程度なんですか……。こっちはまだ新人ですよ？　投票数が二人合わせてとかだったら、まだ勝ち目が見えるんですけど……」

凛夏が不安そうにしているが、俺は浅く首を振る。

「いや、ハンデはこれで充分だよ」

「霜村？」

「普通のプロアマ問わずの新人賞でも、プロが落選し、アマが受賞するのは日常茶飯事なんだ。結局経験よりも才能、センスが要求される世界だから。少なくとも、互いに受賞者同士ならあまり大きなハンデは必要ない」

……そう、本当に受賞者同士なら、な……。

俺は違う。

俺は——本物じゃない。

「せや、大きすぎるハンデは、むしろおまいさんらの才能を否定することになる。うちは、別に種付けプレスやカリンの文才を否定しとるわけやない。ただその文才はもっと別の分野にいけ、こっち来んなって言うてんのや。小説だけが文章のすべてやないんやから、ニュース記者でも、ブロガーでも、フリーライターでも、なんでもええ。ただ、ストーリーテラーにだけはなるなや」

ああ、だからこそ、俺は。

ハンデなんかなしで、乗り越えなくちゃいけない。

「霜村……？　どうしたの？」

凜夏が心配げにしてくる。

「なんか、怖い顔してるよ？」

「なんでもない」

俺の視線は、じつは千里には向いていない。そのノートPC画面、もっと言えばコンペの特設ページに向いていた。そこには一筆、こうしたためられてある。

『ランキング1位の作者には賞金30万！　さらに編集者がついて書籍化に向かって二人三

脚！』

つまり、これは俺にとって、普段のコンペへの投稿と同じだ。

受賞して、俺もプロ作家になりたい――。

そう、俺がなりたいのは。

ニュース記者でも、ブロガーでも、フリーライターでも、なんでもない。小説家になりたいんだ。プロの小説家と真っ向から勝負して、そして勝ちたいんだ。

腕試しなんて、甘っちょろいことではなく。

他の誰でもない、俺自身の力で。

才能と、これまでの努力をかけて。

俺は、プロに挑戦したい――。

……そう、勝って、作家デビューして、凛夏……おまえに告白するためにっ‼

「千里さん。いや、千里えびでんす先生」

もちろん、ただでとは言わず。

「こういう勝負なら、負けた時の条件がありますよね？」

条件？　と凛夏が首を傾《かし》げるが、

「せや。負けたほうは相手の言うことをなんでも聞く、ってのがお約束やな」

「いいですよ、それで」

ちょっと霜村⁉　と凛夏は慌てているが、俺は気にしない。

「千里先生の命令は？」

「そっちがうちに負けたら、もう二度と、小説を書くな」

「千里先輩！　そんなのって！」

「いいですよ」

と俺は答える。すかさず「霜村！」と凛夏が叱責半分・心配半分の声を上げてくる。

いいんだ、凛夏。

俺はこれまで、四年も創作を続けてきたけど、まったく芽が出なかった。無理にプロの世界に触れてみて、それでもまだ、千里にも勝てないというなら……。

それはもう、俺に才能がなかった、というだけの話だ。

きっぱり諦めたほうが、きっといいのだろう。

凛夏のことは……正直諦めきれねえけど、ここで男を見せられなかったら、俺は、やっぱり最初から凛夏みたいな美少女には、釣り合わなかったってだけのことなんだ。

……けれど。

もし俺が勝ったなら？

「俺が勝ったら——千里先生の次回作は、家族愛をテーマにしてもらいます」

「‼」

千里が唖然《あぜん》とするが、

「ええ度胸やんけっ……！　このクソガキっ……！」

俺と千里は鋭い視線で、睨《にら》み合《あ》う。

凛夏は不安そうに俺の服の袖を引っ張ってくる。

「そんな、ダメだよ霜村……こんなのって……」

「凛夏、おまえは降りろ。おまえまで作家人生をかける必要はない」

そう、だから、これは、種付けプレスとカリンが組んで、千里えびでんすと戦うチーム戦なんかじゃない。

俺——霜村春馬《はるま》というアマチュアが、コンペで受賞を目指すという話で。

そしてまた、作家生命をかけて、千里えびでんすというプロ作家に挑む戦いで。

何より、凛夏——おまえに相応《ふさわ》しい男に、俺はなるって話なんだよ。

負ければ……俺の人生は詰みだ。

だけど俺は、そろそろ自分を限界まで追い込まないといけないって、そう思うんだ。コンペに落ちても、また次がある……なんて甘い考えを、俺はもう自分自身に許さない。

これが、勝負を受ける理由の一つで。

じつはもう一つ、動機がある。

きめせく先生が言ってただろ、千里は家族に恵まれなかった、って。

それでいろいろ歪《ゆが》んでしまったのだろう。そのくらい、俺にだって察せられる。

――『せや。何が家族や』

あの時、千里は明らかに侮蔑した口調で、そう吐き捨てた。

――『どいつもこいつも、家族家族家族――って。頭お花畑やないか』

家族の何が悪い。

千里が家族愛を否定するのは、きっと、本当の家族愛ってものを知らないからだろう。詳しい事情は知らないけれど、何か、家族問題にぶち当たって、そして千里は、それを乗り越えることを諦めて、だから家族愛よりも、家族崩壊を信じている。千里にとっては、それが現実だから。

だが、舐《な》めんなよ、うちの霜村家。

母親は下ネタばかり言うピンク脳で、俺はなかなかうまく活躍できなくて、まともなのは妹だけなのかもしれないけれど……。

俺たちに繋《つな》がれた絆《きずな》は、きっと誰にも引き裂けない。

本当の家族ってやつを、教えてやるよ。

「……俺を信じろ」

凛夏に言ったのではない。千里に言ったのでもない。

「……ええ、事情はよくわからないけれど——立派よ、ハルくん」

お母さんはいつだってあなたを信じているわ——。後ろのテーブルから、小さい音量だったけれど、力強い声が聞こえてきた。

◇

「っていうわけです。すみません、勝手なことをして」

俺がかいつまんで説明すると、きめせく先生は小さく「バカめ……」と漏らした。

夕方、場所は都内の公園だ。そこそこ大きい池に、夕日が反射して光っている。

俺たちは池縁の柵に寄りかかっていた。

千里との勝負が決まって、すぐに、俺はきめせく先生に電話した。

きめせく先生は執筆の他、アニメやマンガ、ゲームの監修も行っているから、本当に多忙を極めている人だ。それが、千里のこととなると無理にスケジュールを空け、こうして即日で会ってくれた。そして熱心に話を聞いてくれた。

「まさか貴様が、そこまでお節介な男だとはな、種付けプレス」

「すみません」

俺は平に謝る。そして本題に切り込んだ。

「まだ出会ったばかりですけど、気になることがあります。きめせく先生と、千里さんは、もしかして赤の他人ではないんじゃないですか？　少なくとも、ただの作家仲間って感じではないですよね」

今回の問題は、本来なら千里ときめせくの問題ではないかと思っていた。そこへ事情もよく知らない俺が、おそらく土足で割って入ってしまった。その点は申し訳ない。

だが、確かめておきたい。千里ときめせくは、明らかに他人という感じではない。二人の関係性を整理することが、今回巻き込まれた問題の本質を理解する糸口になると推測していた。

「ふん……なかなかの洞察力だ。いい作家は洞察力が優れている。いや作家だけじゃない。イラストレーターも、編集者もだ。クリエイターというのは出力に目を見張られがちだが、どんな出力もまず入力がなければならない。入力さえ優れていれば、出力も良くなってくるのは必然だ」

くいっと黒縁メガネを押し上げるきめせく先生。

質問に真《ま》っ直《す》ぐ答えてくれない、その理由はなんだ？

「……ある、バカな男の話をしよう」

きめせく先生は遠くを見る目をして、そうして静かに語り始めた。

「その男は幼少期から、図書館で本を読むのが大好きだった。自分で文章を書き始めるのも早かった。小学校の先生から絶賛され、読書感想文の全国大会でもすぐに入賞を果たした。誰もが少年を褒《ほ》め称《たた》え、将来を嘱望する神童だと持《も》て囃《はや》した……そして高校に入ってすぐ、少年はある出版社から連絡を受ける。少年が投稿した小説が、見事にコンペで大賞を射貫《いぬ》いたというのだ。十五歳。史上最年少だった」

……俺は黙って、きめせく先生の話を聞いていた。壮大なサクセスストーリーであるはずなのに、彼の口調は、ヒドく冷めていた。

「少年は弱冠十五歳でありながら、大人の世界に関わることになった。小説家の世界とは、生き馬の目を抜くとも言われる、大変厳しい世界だ。少年は高校も辞めて執筆に専念したかったが、作家は人生経験も大事だと編集長にも諭されたし、親からも大学まで出てくれと泣きつかれて、仕方なく学生を続けた。しかし学業以外はすべてを執筆に捧《ささ》げる有様《ありさま》だった……そんな彼を支えるのは、家族以外にもう一人いた。幼なじみで、図書委員で、人嫌いの少年をずっと見捨てずにいてくれた女の子……」

きめせく先生は目を閉じる。瞼《まぶた》の裏に、描き出すように。

「彼女は誰よりも優しく、誰よりも美しかった。少年は彼女のために生きようと決めた。彼女を幸せにすることを人生のすべてとした。しかし少年は小説を書くことしか生きる術《すべ》を知らなかった。だから小説ばかりを書き続けた。やがて二人は大人となり、二人のあいだに子どもが生まれても、男はひたすら小説ばかりを書き続けた。男の小説は売れに売れた。飛ぶように売れた。印税で人生何回も遊んで暮らせるほどの大金だ。そのすべてを家族へのお金にしていた……そして妻は、当時、不治の病だった急性白血病で倒れた……」

あ……。俺は口を半開きにしたまま、何も言えなかった。

きめせく先生は、何とも言えない、複雑な、無表情にも見えるような、あまりにもいろんな感情の入り交じった顔で続けた。

「男は何億円と貯《た》まった印税のすべてを妻の治療と、白血病の研究に寄付した。前兆はあった。すべてが遅すぎた。男は妻の体調が崩れていたことに気づいていたが、妻の笑顔の強がりを真に受けてスルーしていた。妻の体はすでにボロボロだった。すべてが手遅れだった。妻は死に、男には一人娘が残された」

ああ……。俺には言葉もない。

「しかし男は小説を書くことしかできなかった。娘を見ていると恐怖ばかりが湧き上がった。娘は母親似だった。娘は妻の生き写しだった。いつか娘も自分より早く死んでしまうのではないか……そして男は一人娘を実家に預け、小説ばかりを書き続けた」

「きめせく先生……」

その日は遠くを見ていた……手の届かない、とても遠いところを。

「小説を書くと脳内麻薬がドバドバと出てくる。男はただ小説を書くためだけに存在する奴隷だった。ロボットだった。小説を書き続けることだけが男の救いだった。そうしてどれだけの月日が流れたのかもわからなくなった時、男が立ち上げに関わった新しい新人賞で、ふと気になる受賞者が現れた。その受賞者のペンネームは千里えびでんす。といった。千里というのは男が娘につけた名と同じだった……」

「先生……もういいです……もういいですよ、先生……」

しかし彼は語り続ける。亡霊のように、あるいはロボットのように。

虚《うつ》ろに、淡々と、味気なく。

「エビデンスとは証拠や根拠、裏付けといった意味だ。男はハッとした。千里というのは男がつけた名前。そしてエビデンス。つまりそのペンネームは『あなたの娘はここにいるよ』と、娘が父に訴えかけたメッセージではないかと。他の誰でもない、父親に向けてつけられたペンネームではないかと。そう察した男は、しかし、今さら父親づらもできず……ただ一人の小説家として娘の前に立つしかなかった」

「もういいです！　先生！」

「授賞式で十数年ぶりに再会し、パパ……、と言ってきた娘に、俺は……何も言えなくて……」

「もういいですから！」

俺はきめせく先生の両肩を摑《つか》み、ガクガクと揺すった。先生はそれでもうわごとのように続けた。

「俺は娘の小説を褒められなかった……あそこが悪い、ここが悪い……俺は受賞に反対だった……こんなやたらと意識が高い小説、独りよがりで、自分は他人より優れた存在だと驕《おご》っているかのような作家の書いた小説……何より、広く一般に向けた小説ではなく、一人の父親に向けて作られた小説だというのが透けて見えて……俺は言ったんだ、こんなものが売れるわけがない、と……だがそうじゃなかった。千里はそんなつもりなどなかったんだ……ただ自分はこれだけ頑張っていると、その頑張りを父親に認めてもらいたかったのだと……ただそれだけのことだったんだ……」

だが、と続けた。

「それを、俺は、駄作だと……」

「ッッ……‼」

俺は拳を握りしめると、気づいたら、それを、きめせくの頬に叩《たた》き込んでいた。

衝撃と、鈍い音がした。

きめせくはぐうっと呻《うめ》いて倒れ込む。トレードマークの黒縁メガネが、乾いた音を立てて転がる。

「今のは千里さんの代わりだ‼」

「くっ……すまんな、今のは、俺がおまえに殴らせたようなもんだ……」

フレームの歪んだメガネを拾い上げ、さっそく腫れだした頬に、歪んだ笑みを浮かべる。

「おまえは俺と似ている……だが、俺のようにはなるなよ……！」

「ならねえよ！　誰がてめえみてえな人でなしになんてなるか！　何がラノベの神だ！　ただの人間のクズじゃねえか！」

「そうだ……ああ、そのとおりだ……ようやく、そう言ってくれる人が現れた……」

「くそっ！」

俺は近くにあった公衆のゴミ箱に蹴りを入れた。ガッカリだ。

千里の人生を思うと不憫《ふびん》でならない。幼い頃に母を亡《な》くし、父親からも捨てられた。カリンの『星屑《ほしくず》』の主人公とかなり近い流れだ。

その作品の審査を担当し、あらすじを読んだとき、千里は自分でも驚くほど共感したに違いない。何せ、ほとんど自分の人生と同じことが書かれてある。

父親を捜して、旅に出る——千里にとって、それは自分自身の物語だった。母を訪ねて三千里ではなく、父を訪ねて三千里……。父は世界を揺るがす偉大な人物で、そこに辿《たど》り着《つ》くには数々の試練を乗り越えなければならなかった。

そして千里は高い意識を持って、努力に努力を重ね、父と同じプロ作家になって、父の前に姿を現した。

しかし……。

カリンの『星屑』のようなハッピーエンドにはならなかった。親子の絆《きずな》を取り戻して、世界が平和になるなんてことはなかった。

『主人公がようやく見つけ出した父親は、じつはただのロボットで、本物の父親はとっくに死んでたって』

これが千里にとってのリアル。

『本物の父親は、妻を亡くしたときに一緒に壊れて、頭がおかしくなって、感情を持たない冷たいロボットに殺されて、成り代わられてしまったんだって。ロボットは自分が何者かもわからず、ただ自分のことを博士本人だと思い込んでて、ただ妻にもう一度会いたいという感情だけが複写されてて、娘がいるってことはインプットされてなくて、ただ淡々と作業を続けるだけの機械人形なんだって。そのことを指摘されて、自分が機械だっていう証拠を見せつけられても、何も変わらず作業を続けて、世界の破滅も、娘のことも、何も気にしない、ただの機械で、ただの亡霊で、そのことを自覚しても、それでもただ淡々と、体が壊れるまで作業を続けるんだって』

それが千里にとっての、父親の姿というやつだったのだ。

歪《ゆが》んでいる。

一人の女の子が、ここまでねじ曲げられた。

たった一人の男によって。

きめせく――。

日本一のストーリーテラーだと思っていた。こんな作家になりたいと憧れていた。それがこの様だ。許せねえ‼

「いいか、約束しろ！　今回の勝負で！　俺が勝ったら！　ちゃんと千里さんと親子として向き合え‼　筆を止めて、妄想の世界から抜け出て！　ちゃんと一人の娘と言葉を交わせ‼　あんたの娘は、現実にいるんだぞ‼」

「……ああ！　約束しよう……！」

きめせくはダウンを食らったボクサーのように、よろめきながら立ち上がる。

くそ、と俺は吐き捨てた。勝たなきゃいけない理由が増えた。受賞してデビューしたいだとか、凜夏にカッコイイところを見せて付き合いたいだとか、そんな軟派な気持ちじゃあもういられねえ。

一人の女の子の——千里の歪んだ人生を救ってやらねえと。そのために千里を超えなきゃならねえ！

こんなの、俺の勝手なお節介、独りよがりかもしれねえけど、放っておけねえ……！

これを放っておけるような男には、俺は育てられてねえんだよ‼

「……しかし勝てるのか？　種付けプレス」

血がにじんだ口元を拭って、きめせくは続ける。

「曲がりなりにも千里は俺の娘だ。デビュー作こそケチがついたが、二巻目以降は普通に一般向けで面白い。人気が出て、ファンが増えて、だからアニメ化もされた。筆も速くて、今、新シリーズも動き出していると聞く」

はっきり言って、業界トップであるオールジャンル文庫レーベルでも、期待される作家の一人だという。

「勝てるのか、おまえで？」

「勝ちますよ、種付けプレス、舐《な》めないでください」

そうじゃない、ときめせくは言った。

「確かに種付けプレスならいい勝負をするかもしれない。だが、本当のおまえならどうだ？」

「えっ⁉」

「もう一度問おう。勝てるのか、おまえで？」

「っ……！」

きめせくのメガネの奥を、凝然と見入ってしまう。それはすべてを見透かすような、深い深い深淵《しんえん》を見通すような、そんな目だった。

いい作家は洞察力も優れている。入力が良ければ出力もいい。なら。

日本一の出力を持つ彼なら、その入力もまた日本一。

種付けプレスの『ギリ神』を読んで、だけど俺から受ける印象とのわずかな相違を見抜き、その違和感から何か手かがりを摑んでいるのかもしれない。

……舐めていたのは俺のほうだ。

曲がりなりにも、そこにいるのは『神』とすら謳《うた》われる男なのだ。

だけど——。

「勝ちますよ」

俺は微笑《ほほえ》んで言った。

「千里さんは、今は一人だ。一人であがき、もがき、苦しんでいる」

「……」

「でも俺は一人じゃないんで」

勝ち気に微笑んで、啖呵《たんか》を切った。

「本物の家族の絆ってやつ、見せてやりますよ」

第四章『ラノベの本体はイラストで人生詰んだ』

ダメだ全然思いつかねえ――。

俺はテーブルに突っ伏し、自分の想像力の貧困さを嘆いた。

きめせく先生にあれだけの啖呵を切っておきながら早一週間、まるでアイデアが浮かんでこない。

「ヤベえな……」

千里《せんり》との勝負であるコンペの締め切りまで、残りひと月を切っている。

俺は学業もおろそかにできないし、種付けプレスの影武者として美礼《みれい》のサポートもある。それに妹の美悠羽《みゆは》にはそろそろ特待生の面接がある。美悠羽のことも気がかりだ。

俺の速筆ぶりなら、三日もあれば充分な分量を書き上げられるはずだ。しかし作品の根幹アイデア、ストーリー構成をどうするか決まらなければ、一文字だって書けやしない。

「うーん……」

頭を捻《ひね》るもマジで何も思いつかねえ……。

せめて、何かヒントでもあれば……。

その時、スマホが震えた。見てみると凛夏《りんか》からのメッセージだった。

『今すぐ秋葉原の駅に来なさい！　でも勘違いしないでよね！　これはデートなんかじゃないんだから！　ほんとに、ほんっとーに、デートなんかじゃないんだから！』

そうですか。俺はスマホを放り出してもう一度頭を捻る。ベッドの上でゴロゴロ転がる。

部屋の掃除をし始める。隙間から埃被《ほこりかぶ》ったマンガが見つかる。読む。またスマホが震える。

『あんた今どこにいるの⁉　何でまだ来てないのよ⁉　こんなのあたしがバカみたいじゃん！　いいから早く来なさいよ！』

しょうがねえなあ……。

秋葉原の駅につくと、場違いなほどオシャレに決めてきた女子高生がそこにいた。

「遅い！」

凛夏は開口一番にそう叫んできた。

いや、遅いとか言われても、一方的に呼び出したのおまえじゃねえか……。

「凛夏、俺は今忙しいんだ。またアリメイトを案内して欲しいとかだったら、早く済ませようぜ」

凛夏はムッとした。

「バカね、そんな用事じゃないわよ。あんたが今、千里先輩との勝負で忙しいってのはわかってるから」

「なら……」

「でもどうせ、何を書けばいいか、迷ってるんでしょ？」

「ふははは っ！　残念だったな！　迷うどころか、何を書けばいいのかサッパリわからねえわ！」

「余計ダメじゃない！」

いやほんとそうなんですけどね、と俺は腰に手を当てて、はあ、と溜息《ためいき》をついた。

「まあ、俺は家族愛で勝負して、千里さんは家族崩壊もので受けて立つってことだけは決まってるんだけどな」

「あんたのテーマは家族愛、ね……」

凜夏は顎に指を当て、思案する素振りを見せた。

「なあ凜夏、おまえはどういう話を書けばいいって思う？　せめてヒントでもあれば、ちょっとは変わるかもって思うんだが」

後頭部をポリポリ掻《か》く俺に、凜夏は豊かな胸を張って応える。

「どうせそうだろうと思ったから、あんたをここに呼び出してあげたんじゃない」

「え──？」

「見なさい！」
と凜夏は大きく両手を広げた。

「ここはオタクの聖地、秋葉原よ！　ここを歩き回っていればラノベのアイデアなんてポンポン湧いてくるに決まってるわ！　あとは家族愛ものとミックスさせればいいだけよ！」

何を言い出すのかと思ったら……。

「凜夏、残念だが……秋葉原がオタクの聖地だったのは十年以上前の話だ」

「えっ⁉　そうなの⁉」

「今は別に普通の街だよ。まあちょっと怪しそうな店とかは残ってるし、オタに興味を持つ外国人の観光地扱いはされてるけどな」

「ううう嘘《うそ》よ！　あたしを担ごうったってそうはいかないわよ⁉　秋葉原ってチェックのシャツ着たオタクばかりが生息してるんでしょ⁉」

「古《ふり》ぃからそのイメージ！　周り見てもそんなやつ全然いねえだろうが！　っていうか現役高校生のくせにオタにどんだけ偏見持ってんだおまえ⁉」

「だって街中をコスプレした人が普通に歩いてたりとか、普通に写真撮影されてたりしてるって聞いたことあったから……」

「滅多にねえよ！　ゼロとは言わねえけど滅多にねえ！」

ええ～そうだったの、と凛夏は困った様子だ。

こいつはこいつで、なんか、どっかズレてるよな……。だいたいオタクの聖地に来たっていうなら、そんなオシャレな格好はどうだよ。ギャルっぽくてオタク戸惑うぞ。

凛夏は気を取り直し、また挑むように俺に指を差してきた。

「とにかく、今日はあんたのネタ探しに付き合ってやるから、感謝しなさい」

「はあ、まあ、それは嬉《うれ》しいんですけどね」

俺は頬を掻いて、

「でもどうして、そこまでしてくれるんだ？　せっかくの休日がつぶれちまうぞ？」

「そ、それは……」

凛夏は急にもじもじし始めて、

「ほ、ほら、同期受賞者のよしみでしょ……？　あんたが一作だけで終わっちゃうなんて可哀《かわい》そうだし……ずっと一緒に作家続けていきたくて、むしろ相談に乗ってほしいのはあたしのほうで……二人でいられる時間がもっとほしくて……」

どんどん顔を赤くしていって、声も聞こえないほど小さくなっていく。

凛夏《りんか》ってたまにこうなるよな。よくわからんけど、ともかく、心配して助けてくれてるわけだろ？　それは素直に嬉しいよ。

それに休日でも凛夏に会えて、可愛《かわい》い私服を見せてもらえて、アキバデート（俺の中では）とかさ、最高じゃね？　こういうところは本気で作家代行やってよかったたって思うよ。

「と、とにかく！」

凛夏は全身で力んで、必死に叫んだ。

「二人で協力して千里先輩を倒すわよ！　これは、あたしたちの物語なん――」

『マミー！　マミー！　緊急事態！　ハルくん助けてぇ～！』

「ああっ！　くそ！　また勝手に設定いじられてやがる！」

俺は慌ててスマホを取りだした。やはり、『あなたの大好きなお母さんとのホットラインン☆』からの着信だった。おかしい。とっくに削除した連絡先だったのに、なぜか復活している。スマホの暗証番号も変えたのに、どうやって毎回毎回セキュリティを突破していやがるのか。「ハルくんのことは全部お見通しよ♪」とか言いそうではあるけども。

取らずに切り、スマホをポケットに戻す。

「で、なんの話だっけ。何を言いかけたんだ？」

凜夏に先を促す。凜夏はギクッとした。

「ま、また言い直すわけ……？　しょうがないわね。今度こそちゃんと聞きなさいよ！」

「おう」

俺も身構える。何か凜夏が重要なことを言いたそうにしているようだから。

「いい？　あたしたち二人で『マミー！　マミー！　緊急事態！　ハルくん助けてぇ～！』があああああ！　何なのよその着信音！」

「わ、悪い！」

またもや慌ててスマホを取り出す。くそ、美礼のやつをなんとかしないと、凜夏と関係が全然進展しそうにねえんですけど！

電話は取らずに切ろうかとも思ったが……。

何度もかけ直してくるということは、美礼も何か本当に、緊急の用事ができたのかもしれない。何かトラブルに巻き込まれたか。

嫌な予感が脳裏をよぎる……。虫の知らせってやつだ。

出てみることにした。凜夏に背を向け、スマホを耳に当てる。

「もしもし？　どうしたんだ？」

『ハルくん、助けて！　とんでもないことになってしまったの！』

美礼の声は本格的に切羽詰まっていて、これが冗談ではないことを示していた。

「とんでもないこと⁉」

『ええ、私、今、たくさんの男の人に取り囲まれちゃって、逃げられない状態なの……。自分でも、どうしてこうなったのかわからないわ。気づいた時には口車に乗せられてて、服も露出の多いものに着替えさせられちゃったの！』

なんだよ、そりゃ⁉

『身の危険を感じるわ。このままだと私、あんなことやこんなことをされて、めちゃくちゃにされちゃうかもしれない！　すでに写真もいっぱい撮られちゃってるし！　せっかくハルくんのために守り続けてきた純潔を、奪われちゃうかも～～！　いやーん！　ハルくん助けてぇ～～！』

涙声になっている。美礼節はツッコミどころ満載で今ひとつ緊張感が足りないが、万が一本当に騙《だま》されて、暴漢に襲われそうになっているのだとしたら……。

「すまん凛夏！　急用ができた！　また今度な！」

「ええっ！　そんなぁ！」

残念がる凛夏だが、俺の表情からシリアスな展開を察したのだろう、口元を引き結んだ。

「わかったわよ。あんたはその急用ってやつを優先して。あたしは家族ものの参考になりそうな資料を集めておくから」

「すまん、この埋め合わせは絶対にするから。約束だ！」

「うん！」

凛夏は元気づけるような笑顔で送り出してくれる。めっちゃいい女だな、と一瞬心を奪われかけたが、今はとにかく急ぐことだ。俺は踵《きびす》を返して走り出した。

美礼も秋葉原に来ているらしい。ひょっとすると美礼も、俺に内緒で参考資料を探してくれていたのかもしれない。その途中でトラブルに巻き込まれてしまったのだとしたら、俺のせいじゃないか。

無事でいてくれ、母さん！

角を曲がると、指定された場所が見えてきた。確かに男性陣が密集している一角がある。あれのことか。俺はスピードを上げた。

「てめえら、うちの母親に手ぇ出したらどうなるか――」

拳を握りしめ、怒りにまかせて怒声を上げようとした瞬間だ。奇妙な光景が舞い込んできた。

男たちはみんなチェックのシャツを着ていて、カメラを手に撮影している。かなりゴツい一眼レフもいれば、スマホで撮っている人もいる。通りがかりに集まったような、カメラ小僧たちの群れだ。

そしてそのレンズの先にいるのは――。

ほとんど裸に近い、女戦士、扇情的なビキニアーマーを着込んだグラマラスなコスプレイヤーだった。手には作り物の剣を持って、カメラ小僧たちの要求に戸惑いながらもポーズを決めている。

「こ、こうかしら？」

うおおおおおおおおおおおおお――。

フラッシュが瞬《またた》き、シャッター音が連続した。

俺は冷めた三白眼になってそんな光景を眺めた。美礼がこっちに気づいた。

「あ、ハルくん！　助けて！　気づいたらこんなことになってしまったの！」

「そうですか」

「どこ行くの⁉　帰らないで！　お母さんを一人にしないでぇ～！」

その場を去ろうとした俺の背中に、美礼がむしゃぶりついてきた。

あーもう、マジで何なんですかね、この状況……。

俺はカメラ小僧たちを蹴散らし、美礼に服を着替えさせた。そして説教する。

「緊急事態だって言うから何かと思ったら。なんでレイヤーになって撮影会やってんだよ」

「ごめんなさい、ハルくん……。ハルくんが家族ものでラノベ勝負するなら、お母さんも何か参考資料でもと思って……。お母さんも、ハルくんのために頑張りたいから……」

そこまではいい話なんですけどね。

「それで秋葉原に来てみたの。あちこちを彷徨《さまよ》ってみて、店員さんにあれこれオススメされてたら……レイヤー三番勝負というコスプレ大会で優勝しちゃって」

「最後飛躍してませんかね」

「初体験で、まさかこんな怖い思いをするなんて……」

「いちいちエッチなほうに寄せようとするのやめてくれます？」

っていうか、なんでコスプレ初体験のアラフォーの二児の母が飛び入り参加した大会で無双してんだよ。

「でも、ハルくんが来てくれて良かった。秋葉原ってとても怖いところだわ。一人じゃ歩けない」

「別に治安悪くねえから」

「ねえハルくん、お願い、お母さんに秋葉原を案内してくれる？　一緒に参考資料を探したり、取材しましょう！　種付けプレスとしての後学のためにもなるわ！」

花のような笑顔で、恋人のように片腕に絡《から》み付《つ》かれ、ぐにゅう、むにゅう、と柔らかすぎるものを押しつけられる。

クソ、こんなんホントは凛夏とのイベントだったはずだろ！　なんで母親とやってんだよ！　あと当然みたいに腕に抱きついて胸押しつけてくんのやめろよこいつ！

「勘違いしないで！　デートじゃないわよ。作家としての取材なのよ！」

「何デレなんですかね、これ！」

母親とアキバ巡りだなんて、本来なら絶対ごめん被《こうむ》りたいところだが、美礼はもう放っておくとどうなるかわからないし、ネタ探しをやりたいのもまた事実だ。凛夏が集めてくれる資料と被《かぶ》しょうがねえなあ、と俺は美礼と一緒に歩き回ってみる。凛夏が集めてくれる資料と被りませんようにと祈りながら……。

「わあ、見てみて、ハルくん！　絵本のなかから飛び出してきたみたいな人がいる！」

「あれもコスプレイヤーさんでーす。多岐にわたりまーす」

面倒くさそうに平坦《へいたん》に答える俺氏ですけど、美礼に腕を取られていて、美礼が動くたびにおっぱいを押しつけられて、ふんわりと、いい匂いが鼻腔《びこう》をくすぐってくる。

「上を見て、ハルくん！　ドンキのビルディングの最上階に、お母さんでも知ってるようなアイドルの看板が出てるわ！　劇場って何？」

「ほとんど毎日ライブやってる、あのアイドルグループのホームグラウンドでーす」

「ブチ猫喫茶だって！　つまりどういうこと？」

「ブチ模様の猫専門の喫茶店じゃないっすかねー」

「いちブロックに必ず一つはＰＣショップがあるんだけど、どうしてこんなに密集しているの⁉」

「知りませーん」

本当は秋葉原は元々電気街で、その名残としてＰＣショップがあるのだろうと察しはついているが、真面目に答えるのも億劫《おっくう》だった。っていうか疲れた。マジで。

「そろそろお昼ご飯の時間ね。テレビで観《み》たことあるけれど、メイド喫茶でオムライスを食べたいわ！　ケチャップで絵を描いてもらうの！」

無垢《むく》な幼女じみたことを口走っているが、これでもアラフォーの二児の母である。

腕を引っ張られて、近くのメイド喫茶に連れ込まれた。

「ごめんください！」

美礼氏ハイテンションである。すでにめっちゃ愉《たの》しんでやがる。

カウンターでレジ打ちしていたメイドスタッフが、笑顔を向けてきた。

「お帰りなさいませンゴ！」

ンゴ……？　よく見たら、その陰気な女には見覚えがあった。

「あっ」

「ファッ⁉」

あああああああああああああああああ⁉

授賞式以来の再会に、俺たちの声が重なった。

丈が短く露出の多い萌《も》え萌えメイド服で少し印象が変わって見えるが、内部から溢《あふ》れ出《だ》してくる『ろくでなしオーラ』は間違いない。なんj民だ。

「緊縛セーラー服先生じゃないっすか！　何してんすか、こんなところで！　って、見ればわかるか……」

「ンゴゴゴゴ……。最悪ンゴ。よりにもよって後輩にこの姿を見られてしまったンゴ……。もう生きていけないンゴ……」

「へえ、先輩ってメイド喫茶でバイトしてるんすね。てっきり引きこもりだとばかり思ってました」

「確かに普段は引きこもってるンゴ……」

いやそこは否定して欲しかったんですけどね。なに普通に認めてるんですかね、この人。

「でも今日だけ人が足りないからって、昔の同人サークルの先輩に無理やり引っ張り出されたンゴ……」

「ああ……なんか、すみません、間が悪くて……。つらいですよね？」

「思い出したように憐《あわ》れむのやめるンゴ！」

ええと、と隣で美礼が困惑していた。

「ああ、こちら、先輩作家の緊縛セーラー服先生です」

「緊縛、セーラー服？」

ピキーン、と何か閃《ひらめ》いた様子で目を大きく見開く美礼。

いや聞きたくないんで。絶対、下ネタ言ってくるに決まってるんで。

俺は何も言わせないために先んじた。

「ほら先輩、仕事してください！　今はメイドなんでしょ？」

すると、急に声優みたいな萌え萌えアニメ声になって、

「お帰りなさいませ☆　ご主人様♪　お嬢様♪」

と、人が変わったようにキャピキャピなメイドになる引きこもりなんｊガール。

「……え、誰？」

「普通にドン引きしてんじゃないンゴ！　だから嫌だったンゴ！」

ああああ、最悪ンゴォォオオオオオオ、とセーラー服先生は絶望している。

しかし一方で、美礼の表情がパアっと明るくなっていた。

「聞いたハルくん⁉　お嬢様、ですって！」

「そう言われるのは初めてか」

「ううん、実家に勘当されて以来、十数年ぶりに言われたわ！」

くっそ、ムダに上流階級出身だったな、こいつ……。

「あんた、本物のメイド見たことあんのか」

「あるけれど、若い子なんて一人もいなかったわ。スカートも長かったし。あんなに脚、出してなかったわね」

見るんじゃないンゴ、ワイの脚なんて見るんじゃないンゴ、とセーラー服先生がじたばたしている。

「まず本物のメイド見たことあるのがすげーし」

「衣服のカラーリングもピンクで明るいわね。ファンシーで素敵だわ！　お母さんの記憶にあるメイドは白と黒の地味なのしかなかったから。やっぱり若い女の子が着るとなると違うわね！」

若くなんてないンゴ、ワイは闇に生きるゴブリンの末裔《まつえい》ンゴ、こんな美人さんの視線なんて眩《まぶ》しすぎるンゴ、とセーラー服先生が慌てて顔を隠そうともがき、変なダンスを踊っている感じになる。

「っていうかメイドって若い子の仕事じゃないのかよ。要は下働きだろ、これ」

「それは昔の話。現代ではメイドは希少価値の高い、高級な職業なのよ。そもそも入学するのが難しい専門機関で何年も教育を受けて、本場のイギリスで実践を積んできた実力者しかお父様が雇わなかったものだから」

「ッッ……」

セーラー服先生が、真っ青な顔になって汗をダラダラ流し始めていた。

「無理ンゴ……ワイはただの日雇いメイドンゴ……」

ぼそぼそ言っているが、美礼は聞いていない。

「だから、お母さん本当に愉しみなの。日本のメイドってどのくらいのレベルなのかなって。若くしてお店を出せるくらい洗練されているわけでしょ。きっとイギリス育ちなんて裸足《はだし》で逃げ出すような、それはそれは高度なしつけを施されて――」

「しょ、少々お待ちくださいンゴっ」

セーラー服先生は、裸足で逃げ出すような勢いで店内へ駆けだしていった。

「あら？　いきなりどうしたのかしら」

俺は腰に手を当て、溜息《ためいき》をついた。

「あのなあ……」

そして美礼に日本のメイドについて説明を試みる。

「えーっ⁉　じゃあみんなただのアルバイトなの⁉」

「バイトなのか社員なのかは知らんけど、メイドとしては、にわかもいいところだろ」

そんなあ、と美礼は少し残念がったが、

「まあ、それでも構わないわ。少しは昔を思い出せるし、オタク文化というものをわずかでも感じ取れるなら、ね？」

ちなみにメイド喫茶は、分類としては風俗である。すなわち俺は母親と一緒に風俗に入店しようとしているのだった。死にたい。

店内のほうから新しいメイドが連れてこられた。

今度は風格のあるベテランメイドといった感じの妙齢の美女だ。頭にはネコミミで、近年に流行《はや》っている若い子の厚化粧（特殊メイクばりのアレ）で、背が高く手足が長く、動きも洗練されているため、モデルの経験とかあるような人物かもしれない。

「お待たせしました。お二人は初めてですか？　こちらのロウソクが灯《とも》ると、おとぎの国への扉が開かれます♪」

ロウソクといっても、子どものオモチャのようなものだ。ふう、と息を吹きかけると、赤いライトが点灯する仕組みなのだろう。ところが一発、二発と息を吹きかけても、なかなか灯らない。

「あらぁ、入店を拒否されちゃってるのかしら」

「入店ではなく入国ですよ、お嬢様♪」

ベテランメイドは柔和に微笑《ほほえ》むと、いきなり腕を振りかぶり、ガツン‼

古いテレビを叩《たた》いて直すように、オモチャのロウソクをカウンターに叩きつけた。

一瞬唖然《あぜん》とさせられたが、ベテランメイドは可愛《かわい》らしく息を吹きかけ、今度こそ赤いライトを灯らせた。

「はい、火がつきました☆　それではご案内いたしますぅ」

何事もなかったかのように振る舞っている。

「す、凄《すご》いわハルくん！　日本のメイドは本場以上にポーカーフェイスだわ！」

「日本のメイドっていうより、日本人女性の気質じゃないですかねぇ」

ともかく店内の席へ通された。

他の客は日本人ももちろん多い（男だけではなく若い女性や家族連れもいる）けれど、外国人観光客らしきグループが目立つ。すっかり日本の名所扱いされているわけか。メイドも英語で受け答えしているあたり、わりとしっかりしてんだな、と感心させられた。

「初めてのお客様には、メイド喫茶デビューセットをおすすめしております。オムライスとドリンク、チェキ、おみやげが一体となったお得なセットでございますので」

「騙《だま》されるなよ、一個一個たのむのと同じ値段だからな。計算してみろ」

「ハルくん、ちょっと細かいわよ。別に多めに取られるわけじゃないんだからいいじゃない。それより、チェキって何かしら。じゃんけん？」

「それはチョキです。じゃなくて、写真を撮ってくれるってことだよ、メイドさんとな。記念撮影だ」

「あら、いいサービスじゃない。じゃあデビューセットでいいわね。デザートはつくのかしら？」

「デザートは別料金でございますぅ」

「見ろ、あえてだぞ、これ。絶対わざとだ」

「みみっちいことを言わないで。じゃあパフェも貰《もら》おうかしら。ハルくんはどうする？」

「いらねえよ。割高すぎる」

くすくす、と笑い出したのはベテランメイドだ。

「仲がたいへんよろしいのですね。どのようなご関係か聞いてもよろしいですか？　少し歳《とし》の離れた恋人同士か、ご姉弟《きょうだい》かと思われるのですが、いかがでしょう？」

「聞　い　た　ハ　ル　く　ん　⁉　恋人同士に見えたんだって⁉　こ　い　び　と　ど　う　し！　どうしよう困っちゃうわ‼」

「ご姉弟にも見えたってよ」

「私とハルくんが恋人同士‼　いやーん」

いやーんて。誰かこの昭和生まれをどうにかしてくれ。

ベテランメイドは小首を傾《かし》げ、

「ご姉弟ですか？」

「親子です」

「ヴェ⁉」

え？　と言いたかったのだろうが、驚きすぎて「ヴェ⁉」になっていた。

「お、親子……⁉　じゃあ、こちら、お嬢様ではなく、奥様⁉」

久しぶりだな、こんなやり取り……。前は高校の入学式の時だっけ……。

「いやーん、お嬢様って呼んでぇ。若い頃を思い出したいのお」

美礼は両頬を手で押さえ、くねくねしていた。死ねェ……。

「ンゴゴゴ……。種付けプレスが母親と一緒にメイド喫茶に来てるンゴ。ネットで情報ばら巻いて笑いものにしてやるンゴ！」

セーラー服先生が少し離れたところで、しめしめと悪い笑みを浮かべていたが、俺はすかさずカンターを食らわす。

「俺、先輩とチェキ撮りたいっす。ネットのみんなに見てもらうんです」

「ワイが悪かったンゴォォオオオオオオ‼」

一方で、

「し、失礼ですが、おいくつなんですか」

ベテランメイドが驚愕《きょうがく》の表情で聞いてくる。美礼は耳打ちでごにょごにょとした。

するとベテランメイドは「い～～～～～～～⁉」と完全にポーカーフェイスが崩れてしまった。

「師匠！　若さの秘訣《ひけつ》を教えてください！」

その場に膝をつき始める。なにこれ？　メイドさんが床に土下座し始めてるんですけど……。

「もういいよこういうやり取り。メイドさんも普通に仕事やってよ。今も時給が発生してるわけでしょ？」

「じきゅう？　なんのことかよくわからないにゃん！　生まれつきのメイドであるわたし

たちは無償でご奉仕してるにゃん！　それがおとぎの国のメイドだにゃん！」

猫耳のカチューシャをつけているベテランメイドは、ここぞとばかりにキャラ性を発揮した。

「そうそう、その調子その調子」

軽く拍手してやった。が、隣りでは、

「なに今の⁉　とっても可愛らしかったわ！　お母さんもマネしていいかしら？」

にゃん☆

死ねェ……。

「もしよかったら奥様、ここのメニューに載っているとおり、メイド服のコスプレを体験することもできますよ」

「うっそ⁉　メイドコスまでできるの⁉」

神！　と美礼は絶叫した。

「いやコスプレはもういいだろ。大会で優勝までしたんだから満足しろよ。それに一回二千円だぞ。ぼったくりもいいところだろうが」

「大丈夫よ、二千円ぽっち。賞金と印税に比べれば微々たるものだわ！」

「わかりましたやめてください お願いします」

「ではお着替えはあちらでどうぞ」

「はーい」

くっそぉぉおお‼　俺は地鳴りのように唸《うな》りを上げた。

美礼《みれい》が着替えてくるまでに、俺はセーラー服先生によって頭にパンダ耳のカチューシャをつけられた。「ンゴゴゴゴ！」と笑われてしまう。

さらに、始まりの音頭《おんど》、

「はぁととはぁとを繋《つな》いで萌《も》え萌え☆きゅんっ」

を引きこもりなんｊガールと一緒にやらされ、それでようやくドリンク（コーラ）を飲むことを許された。

激しく死にたくなったが、地獄はまだ始まったばかりだった。

「ハルくーん、どお⁉　お母さんメイドだお☆」

死ねェ……。

「お母さん、足が長すぎてスカートがほとんどミニスカの長さになっちゃった。いやーん、太股《ふともも》まる見えぇ……。パンツまで見えちゃうかも！」

死ねェ……。

「ハルくんには普段からお世話になってるから、いっぱい、いーっぱいご奉仕しちゃうね！　あ、オムライスのお絵かきは私がやるので大丈夫ですぅー。はぁい、ありがとうねー。じゃあ見ててねハルくん！　ほらほら、何が描かれるでしょーか！　あ、ミスった⁉　ちょ、これ、ケチャップで絵を描くの物凄《ものすご》く難しっ……うわっ、お皿からはみ出ちゃったっ！　あー……、これ、うわあ……。で、でもね！　どんだけたくさんケチャップが掛かってても、美味《おい》しくなる魔法を教えてもらったの！　さあ、ハルくんも一緒にやろうね！　いっくぞぉ！　せーの、おいしくなーれ、おいしくなーれ、萌え萌え☆きゅんっ」

……。

返事がない。ただの屍《しかばね》のようだ。

えらい目に遭った、と俺はすでに満身創痍《まんしんそうい》の体だった。

手に持っているのはアラフォーのメイドさんとのチェキ。本来の従業員メイドさんとのチェキではあり得ないほどに密着し、というか抱きつかれている。ちなみにシャッターを切ったのは「ンゴゴゴ」が口癖のあいつだ。

「一生の思い出ができちゃったね！」

「一生つきまとう悪夢の間違いだな……」

すっかり楽しんでいる美礼は、メイド服こそ脱いだものの、おみやげで貰ったウサ耳のカチューシャをつけていた。それで「ウサギの鳴き声ってなんだったかしらー？　ぴょんっ？」と語尾につける気が満々であった。

「とにかく頭のそれ外せよ。うさ耳カチューシャ。恥ずかしいな」

「今や私の一部だぴょんっ」

「さっきつけたばっかだろうが！　あとその語尾やめろ！」

と、そこでスマホが震えた。電話か。画面を確認してみると驚いた。

「うわ、花垣《はながき》さんからだ」

担当編集からいきなり電話となると、何か重要な話に違いない。

俺は美礼にしーっと静かにするようジェスチャーして、電話に出た。

「もしもし」

『あ、種付けプレス先生ですか。声が聞けるのは授賞式以来ですねー。ご無沙汰ですー』

「こちらこそ、ありがとうございました。それにしても、どうしたんですか、急に電話してきて。今、ちょっと外に出てるんですが……」

『それなら本題だけ。「ギリ神」のイラストレーターが正式に決まりましたよ！』

「おお、ついに、ですか」

イラストなくしてラノベは語れない。むしろイラストが本体と考える人もいるのだから。

「と言っても、俺はあんまりイラストレーターには詳しくないんで、名前聞いてもリアクションできないと思うんですけど」

『それは不勉強ですね。今回依頼を受けてくれたのは、話題沸騰、今をときめく新進気鋭の若手実力者、「性なる三角痴態」先生ですよ！』

なんだその名前⁉　エロラノベのイラスト担当だと、やっぱそっち系の人がやるのかよ！

『昨年に売り出されたある大人気エロゲがあるんですがね、その絵師として急速に名が売れた人です。それ以前の経歴がわからず、いきなり彗星《すいせい》のごとく現れたっていう謎の多いイラストレーターだったんですが……むしろ向こうから、「ギリ神」のイラスト、ぜひやりたいと』

「へえ」

オールジャンル小説新人賞は業界最大手だから、その『性なる三角痴態』先生というのは売れっ子ではあってもまだ駆けだしらしいし、さらに名を売りたくて向こうから接触してきた、ってことなのかもな。

『こちらからも資料を送りますが、種付け先生もネットで検索してみたりしてくださいね。ではまた』

はい、ご丁寧にありがとうございます——。そう言って通話を切った。

「あら、電話はもういいぴょん？」

「まあな。って語尾やめろそれ！」

美礼のうさ耳カチューシャを引ったくった。「いやーん」と悲しまれてしまう。

俺は息をついて、

「イラストレーターが決まったってさ。エロゲ絵師で有名になった実力派若手みたいに言ってた」

「あら、エロゲ絵師。それならちょうどいいわね。行きたいところがあったの。種付けプレスの次回作にも関わることよ」

「ほう？」

種付けプレスの次回作に関しては、俺も無関係ではいられない。それに、ちょうど決まったイラストレーターとも関わるなら一石二鳥の話だが。

「どこに行きたいって？」

美礼はニッコリ笑った。

「エロゲショップよ」

帰る、と踵《きびす》を返すが、後ろから美礼に両腕を回されて全力でホールドされてしまった。

「待ってハルくん。お母さん、エロゲを売ってるお店なんて知らないの。どれを買えばいいのかも見当つかないし、ハルくんが一緒にいってくれないと何もできないっ」

「何もしないでください、お願いですから」

周囲の通行人が何事かと視線を向けてくるが、美礼の意識には上っていないようだ。

「ダメよハルくん、せっかくイラストレーターさんが決まったのなら、その作品を見ておくべきじゃない。今からエロゲショップに行って、性なる三角痴態の作品を探すわよ！」

「お断りー。ネット検索で充分ですぅ」

何が楽しくて母親とエロゲを買いに行かなきゃならんのだ！

「協力してよハルく〜〜〜〜ん！　お母さん書くしか能がないのよ〜！　他の仕事なんてどうせすぐクビになるに決まってるわ〜！　書き続けるしかない、死ぬまで書き続けるしかないのよお！　ふえーん！」

おいおい泣きついてくる美礼。母親の威厳など何一つなかった。

だいたい俺の勝負作品のネタ探しのはずだったのに、なんでここまで母親に振り回されなきゃならんのだろうか。何回も思うけど、本当は凜夏とのイベントだったはずだろこれっ⁉

「それに、よく考えてみて、ハルくん？」

「たとえお母さん一人でエロゲコーナーに辿《たど》り着《つ》いたとしてもだよ？　女で一人でエロゲコーナーにいるってどう考えてもおかしいよね。男のお客さんに囲まれちゃう。店員さんも参加してくるかも。いいの、ハルくん？　お母さんが知らないおじさんたちに囲まれてニヤニヤされながら『へへ、奥さん、こういうの好きなのかい？』って聞かれちゃっても⁉」

「何が」

とあるタワー型ビルに来た。

「友達と何度か来たことのあるサブカル専門店だ。たしかエロゲコーナーもあったはず」

フロアマップで確認し、エスカレーターで五階にいくと、十八禁エリアに向かった。

視界いっぱいに、童貞なら赤面を免《まぬが》れない数々の素敵商品が並べられている。

「あら、まあ」

美礼も少女のように赤くなっていた。新しい世界に迷い込み、少し怯《おび》えた感じでもある。

前をいく俺の服の裾を、ちょこんと摘まんでついてきている。

「ドキドキするね♪」

「いえ、とくには」

やがてエロゲコーナーに母子が降り立った。前代未聞《ぜんだいみもん》の出来事ではないだろうか。

「ここが男の子たちの花園なのね」

「BL的な誤解を招きそうなので言い方を改めてくれますか。どちらかというと聖域です。本来なら女人禁制なんですよ」

「どうして敬語なのハルくん。まるで赤の他人のようじゃない」

ですね、と俺は平気で頷《うなず》いて、

「じゃあ俺は外で待ってるんで」

「ダメよ一緒に物色するのよハルくん！」

乱暴に腕を取られ、引っ張られた。

二次元美少女の世界である。十年前から絵柄がほとんど進化していないという生きた化石の世界は、考古学的見地など微塵《みじん》も見出《みいだ》せないが。

美礼は平積みされているエロゲのパッケージを眺めると、適当に一本を手に取った。

「あら、思ったよりぶ厚いのね。箱という感じのパッケージだわ」

「それがエロゲの伝統です」

「なるほど、エロゲのケースは大きい。だからハルくんの部屋には置いてないのね、隠しきれないから！」

「俺の部屋、勝手に漁《あさ》ってません？」

ったく、と俺は気を取り直して、

「ひとくちにエロゲって言っても、奥が深いぞ。ストーリー性重視でエロなんておまけ程度でしかない作品もあれば、がっつりエロだけに力を入れてる作品もある。次回作の参考にするって話だったが、どういう作品にするつもりなんだ」

性なる三角痴態に関してはひとまず置いておいて、そう聞いた。

「もちろん、家族愛をテーマとしたものよ。ハルくんの勝負作品と同じにね」

「へえ……ちょっとは考えてくれてるんだな」

少し感心した。なんだかんだで、うちの母親は子どもが第一なのだ。何を書けばいいのか迷っている息子に対し、今、美礼はお手本になろうとしてくれているのかもしれない。

「具体的にはどんな話なんだ？」

「兄と妹の陵辱ものよ！」

「また近親相姦《そうかん》かよ！」

しかもまたリアルに寄り添ってるし！　美悠羽になんて言えばいいんだよ！

「でも、身近なことをより突き詰めて書くといいと思うのよ。少なくとも『ギリ神』はそうして書かれて大賞が取れたのだし」

身近なことをより突き詰めて書く、ね。

「そりゃ一理あるかもしれねえけど」

「一理あるというより、私はそれがすべてだと思っているわ」

思いの外、美礼は強い口調で語り出した。

「ヘタに取材して付け焼き刃の知識を振りかざすより、よく知っていることを集中して書いたほうがパワーが出る。作家が自分の人生をギュッと圧縮したような作品。恥も外聞もなく、これが自分の人生だと、生き様のすべてをかけた作品。魂の込められたそんな作品は、きっと誰も否定しようのない傑作になると思うの」

これが美礼の作家哲学か……。なかなか、一本筋の通った考えを持っていると思った。

「で、次回作もそれでいく、と？」

「そうなの。お母さんが考えたあらすじ、聞いてくれる？」

今度は兄と妹の話だったか。ぜって―俺と美悠羽がモデルだよな……。自分の息子と娘が近親相姦するのが、うちの母親の『生き様のすべてをかけた作品』だってのかよ……。もうやだこの母親……。

「そう、ずっと義理だと思ってたんだけど、クライマックスでじつの兄妹《きょうだい》って判明するの。でも、そのときにはすでに妹は妊娠してて――」

「ドロドロじゃねえか！」

「タイトルは『日本神話も笑えない』」

「続編じゃねえのそれ『ギリシャ神話よりかくあれかし』の⁉」

あくまでも並行世界、と美礼は切々と説明してきた。いやおかしいだろ、なんでこんな話題を大マジメに議論できんの、エロラノベ作家ってみんな頭お花畑か！

てか俺はプロの世界に揉《も》まれて修行しようとしてたのに、種付けプレスの周りってエロばっかじゃねえか！　俺はそっちの創作に興味はねえんだって‼　普通のラノベ作家になりてえんだって‼

「お客様、お静かにお願いします」

店員（大学生くらいの男）がさすがに注意しにきた。

「他のお客様のご迷惑になりますので……」

「す、すみませ――って、あれっ⁉　どっかで見覚えが……」

「ん⁉　ああ、君はっ⁉」

俺たちは互いに指を差し合い、驚きの声を上げた。

「立ちバック先生！」

「種付けプレスくん！」

いややっぱ大声で言い合う名前じゃなかったわ……死にたい……。

てかまたエロの人じゃねえか……どうなってんだよ俺の人生……。

「あら、また知り合いなの？　ハルくん」

美礼はキョトンとしている。

「もしかしてまた、先輩作家さん？」

「ああ、こちら、立ちバック千枚通し先生だ」

「立ちバック、千枚通し！」

ピキーン、と美礼は何か閃《ひらめ》いた様子だった。いや何も言って欲しくないんで。絶対余計なこと思いついた感じなんで。俺は先んじて紹介する。

「それで先輩、こっちのは」

「君の彼女かっ⁉　ケッ！　いいご身分じゃねえの！　同期受賞者も女子で⁉　他にも一緒に出歩ける女がいて⁉　アーアーやりたい放題やっちゃってよお！　人生楽しそうだなあオイ！　ったく、恋人同士でエロゲショップ来てんじゃねえよッ、冷やかしかよッ、エロゲやらずに家でヤッてろクソリア充がッ！」

ええ……なんでそんな、いきなりキレてんの……。

「恋人同士？　違います、そんな薄っぺらい繋《つな》がりではありません」

美礼は誇り高そうに宣言する。

「私とハルくんは、もはや家族なのよ！」

いや最初から家族だと思うんですけどね。

「え？　じゃあ、姉弟？」

「親子です！」

「えーっ⁉」

「もういいよこのやり取り！　何回目だよ！」

立ちバック先生（エプロンつけたエロゲ店員）は咳払《せきばら》いをすると、

「失礼しました。まさか親子とは思いませんで……えっ⁉　親子でエロゲコーナー⁉」

「あ、そういうのもういいです。お腹《なか》いっぱいです」

「あの、どうして親子でエロゲを……？」

おずおずと伺ってきた。

「マジメに聞こうとしないでください。答えたくないです」

「ご想像にお任せするわ。うふふ」

小悪魔的な笑みを浮かべるアラフォー母だった。

そこでなぜか、ズッキューンと来ているのが立ちバック先生だった。頬を紅潮させた彼は、いきなり馴《な》れ馴れしく俺に肩を組んでくると、

「なあなあ、おまえの母ちゃん何歳なんだ？」

「おまえぶっ殺すぞ」

「あれまだ絶対三十いってないよなあ。どう上に見積もっても二十五くらいだよなあ。じゃあ何歳でおまえのこと産んだの？　え？」

ストマックブレイカーの腹パンで黙らせると、俺はその悶絶《もんぜつ》し始めた男を蹴り飛ばした。

「さっさと帰るぞ。買うの決めたのか」

性なる三角痴態が絵師を務めたというエロゲは、もう家に帰ってからネットで探せばいいやという気分だった。一方で種付けプレスの次回作のネタに関しては、この場でピンと来るのを選んで欲しいのだが。

美礼は、

「えーん、どれを買えばいいのかわかんないよお」

オモチャを選びきれない幼女じみたことを言うが、その腕いっぱいに抱えられているのはすべからく、妹を陵辱するエロゲである。

「ねえねえハルくん、どれを買えばいいと思う？　『妹強姦《ごうかん》～終わりなき欲望～』？　それとも『妹NTR～彼氏の前で危険なバイト～』？　『エルフ系ロリビッチ処女と出会って即挿入パラダイス』っていうのもあるんだけど、お母さんどうしたらいいかなあ？」

全部捨てろ‼

そう言いたいのも山々だったが、次回作に関わる＝霜村《しもむら》家の経済状況に直結する。俺の大学進学や、妹の美悠羽の進学にも関わってくる重要事項。無下にはできないし、してはならない。

「へへ、母娘丼《おやこ》もありやすで、旦那ぁ」

おすすめしてくる先輩作家を殴って黙らせると、俺は言う。

「なんでも適当に買えばいいってもんでもないよな。エロゲは内容のわりに高い。基本お布施《ふせ》料が込み込みの贅沢《ぜいたく》商品だし」

「そうなの？　一万近くするんだから、クオリティやボリュームも凄《すご》いんじゃないの？」

「そうでもない。内容だけで値段をつけるなら、せいぜい五千円が上限だろ。でも、ある意味で特殊なコンテンツだからな、プラスアルファで値段が吊《つ》り上《あ》がるのも頷けない話じゃない」

「うーん、よくわからないわ。エッチなシチュエーションで喩《たと》えてくれる？」

「なんでだよ！　他にやりようあるだろうが！」

美礼と関わると全部これだ！　何でもかんでもエッチな方向に寄っちまう！

ここで立ちバック先生が、ふふふ、と微笑《ほほえ》んだ。

「妹もののエロゲを選びきれなくてお困りのようだね。それなら僕が力になってあげようじゃないか！」

まるでヒーローのように、格好よく自分に親指を向けた。

「エロゲのことならお任せあれ！　このエロゲ・ソムリエの資格を持つ俺、『ロマンス・ラヴァー』立ちバック千枚通しが、君に最高の一本を授けよう！」

「凄いわハルくん！　なんて頼もしい先輩作家さんに恵まれたのかしら！　これで勝負は勝ったも同然ね！」

「っていうかエロゲ・ソムリエって何なんですかね」

ともかくエロゲには詳しいようだ。なら、こっちの話題にも触れてみよう。

「立ちバック先生、性なる三角痴態ってイラストレーター知ってます？」

「新進気鋭の若手ナンバーワンじゃないか。この僕が知らないはずがないだろ？」

おお、やっぱり有名なのか。

「じつは、『ギリ神』のイラストを担当してくれることになったんです」

「そりゃ良かったじゃないか！　爆売れ間違いなしだよ！」

エロゲ・ソムリエがそこまで太鼓判を押すのか。相当凄い絵師なんだな。

立ちバック先生は閃いたように手を打った。

「ちょうどいい。これも運命だ。去年、性なる三角痴態が絵師を務めたエロゲを持ってこよう。しかも妹ものだから、一石二鳥。あれこそ君たちが求めるエロゲだね」

立ちバック先生は「少々お待ちを」と言って奥に消えると、すぐに戻ってきた。

「これさ」

と一本のエロゲを差し出してくる。

「こちらの『シスターエイリアン』――」

名前がもうね……。

「通称シスエリは、昨年に美少女ゲーム大賞を受賞した傑作です。圧倒的な美麗イラストでも話題になったんですが、シナリオの評価も高くて、純愛と狂気が入り交じった十年に一本の名作と絶賛されています。ファンディスクの売り上げも好調、来年あたりに続編が発売されるとのことです」

「へえ、どういうお話かしら」

シスターエイリアンというタイトルのエロゲ、というだけで悪い予感しかしないが、その予感は見事に的中した。

「十二人のそれぞれタイプが異なる妹たちが、宇宙の彼方《かなた》からやってきたエイリアンに犯され侵食され徐々に人間離れしていき、やがて肉体は完全にエイリアンと融合してしまうのですが、主人公である兄はそれでも妹を──いやもはや妹ですらなくなったそのエイリアンを、いつまで愛していけるのか、という純愛ものです」

「さすがエロゲ。日本の未来を切り開いてんね」

俺は白けていたが。

美礼は号泣していた。

「感動……‼」

「なんでだよ⁉ どこに感動する要素があったんだよ⁉」

「でも種付けくん、これは本気で泣ける傑作だよ。二〇〇〇年代に大流行したいわゆる泣きゲーの系譜でね。いや、泣きゲーの到達点と言ってもいい。しばらくはこのスタイルが標準的なエロゲーになるでしょう」

「なに批評家みたいなこと言ってんすか、あんた」

「実際、あるエロゲ批評家の受け売りなんだけどね、僕も同意見なんだよ。そう、エロゲ・ソムリエとしてね」

「ちょっと待って。エロゲ批評家って何？ 専門職？」

エロゲ・ソムリエの資格とか、エロゲ批評家とか、この世界ってどうなってんですかね……。

はい、と挙手したのは感動の涙をぬぐい去った美礼だ。

「それくださいっ」

「畏《かしこ》まりました。シスエリは現在、新品は入荷待ち状態。中古でもプレミア価格となっておりまして、二倍の値段がついておりますが、よろしかったでしょうか」

「えっ⁉ 二倍⁉ そんなことがあるの⁉」

美礼の隣りで、俺も驚愕《きょうがく》していた。エロゲってプレミアついたりすんのか、それも値段が二倍に跳ね上がるほどに⁉

「大人気商品の常ですし、近年まれに見る本当に大傑作なんですよ。特殊な業界でもあって増産が間に合ってませんし、必然値段は吊り上がります。なんせダウンロード販売もされていませんので」

「そんなあ……」

「ちなみに本日の時価で一万七千円になります」

マジで高《たけ》えな。っていうかエロゲの時価ってなんだよ……。

俺はスマホを操り、ネット上でも確認してみるが、この店だけのぼったくりではない。たしかに一万七千円前後が相場となっていた。新品は予約制でも数週間の入荷待ち状態だ。

「とても高くて、二の足を踏んでしまうわね。クーポンとかないのかしら？」

「エロゲにクーポンとかねえよ！」

「ありますよ、うちの会員登録すれば」

「あんのかよっ」

「レジ精算時にメンバーズカードを発行しますね。そしたら初回千円引き、次からは五パーセントオフです。中古品買い取りの際は十パーセント上乗せいたします。そしてお取引のたびにポイントが溜《た》まっていくので、たいへんお得ですよ」

「普通の店かっ！」

とにかく、千円引きはしてくれるようだ。それでもまだ高すぎるが。

しかし美礼の中では、購入はもはや決定事項らしい。

「痛い出費だけど、創作活動に妥協は許されないっ。お母さん、どうしても妹がエイリアンに犯されるエロゲをやりたいのっ！」

「あんたそれ美悠羽の前でも言えんの？」

結局、美礼がどうしても譲らなかったためにプレミア価格でシスエリを購入した。「いいじゃない、お母さんが稼いだお金なのよ。お母さんが何を買おうと勝手じゃない」と言われたら、返す言葉もなかった。

まあ、性なる三角痴態先生に対するお布施だと思っておけばいい。これからお世話になるわけだからな。

　家に帰ると。

「さあ、ハルくんの部屋でさっそくプレイするわよ」

「なんでだよ。自分の部屋でしろよ」

「だって、お母さん初体験だもの。ハルくんに手取り足取りリードされないとマグロになっちゃう」

「そうですか。いいんじゃないですかね、マグロ」

「素っ気なく流さないで！　効率的に勉強していくためには、どうしても教官が必要なのよ。お願いハルくん、お母さんを調教して！」

　今日は普通に疲れてやる気が出ないうえ、母親をエロゲで調教するというのも理解の彼方であるため、俺は完全に無視して自分の部屋に入り、内側から鍵をかけた。

　これでようやく静かになった……。

　そう思ってベッドに全身を投げ出すが、しかし。

　ガチャリ。なぜか外から鍵が外され、美礼が顔を覗《のぞ》かせた。

「さあ、ハルくん、エロゲをやるわよ」

「え、なに今の。手品？」

美礼は勝手に入ってくると、勝手に俺のノートPCを開き、起動し、シスエリのDVDディスクを読み込ませ始めた。

「それにしても、これだけ箱は大きいのに、ほとんど張りぼてなのはどういうことなの？」

「エロゲの醍醐味《だいごみ》です。っていうか、どうしてわざわざ机からノートPC引っ張ってきてんの。机でやれよ、ベッドに持ってくんな」

いちいち肩が触れあう距離に来て、顔も寄せてくるからな、鬱陶しい！

「だってこの部屋、椅子は一つしかないでしょ。それじゃあハルくんと隣り合ってエロゲできないじゃない。ハルくんも遠くからじゃ解説しにくいでしょ？」

「どうして俺が解説するのが決定事項なんですかねえ」

くっそぉ……これも凛夏とやるイベントだったらなあ。まあクラスの女子とエロゲやるってのも変な話だが、少なくとも母親とやるよりはマシだったろうに……。

まあ、とはいえ、性なる三角痴態の画風を確認しておきたいところだ。

……ただパッケージのイラストを見た限りだと、それほど鮮烈で美麗だとは思えなかった。むしろ前から知っていて、馴染《なじ》みがあるような気がするのだが……。

インストールが終わり、ウィンドウが立ち上がって本編が始まった。

やはり、どこか親しみのあるキャライラストにしか思えなかったが、ともかくストーリーにも注目してみようかな。

そう思っていたら、ドアの外から物音が聞こえてくる。

「ヤベ。美悠羽が帰ってきたみたいだぞ！　しかもこっちに近づいてくる。一旦ウィンドウ消せ」

あの純粋培養のお嬢様に、エロゲなんて刺激が強すぎる。絶対に見られてはならない。

そこらへんに放っておいた『シスエリ』のパッケージもベッド下に蹴り飛ばす。

「そんなあ」

おあずけを食らった美礼は残念がるが、直後、ノックされた。

「兄様、美悠羽、今帰りました」

「おう、お帰り」

「入ってもよろしいでしょうか」

ガチャリ、とドアの取っ手が下がり、美悠羽がその綺麗《きれい》な顔を見せる。

「あれ……鍵が掛かっていないのですね。ああ、母様が先にいたのですか」

「お、お帰りなさい、みみみ美悠羽ちゃん」

挙動不審になりすぎだろ。ベッドで息子と隣り合ってノートPCを見ているだけで、そんな不審な態度取ってんじゃねえ。

「……？」

美悠羽は小首を傾《かし》げ、

「何をやっているのですか？」

「ネット通販のやり方を見せてやってるんだよ。デスクでやればいいのに、いちいちこっちにまで持ってきやがってな」

「そ、そうなのよ。あははは。ダメなお母さんね」

パチパチと、美悠羽は訝《いぶか》しげに瞬《まばた》きを連続させた。

マズい、頭のいい妹様のことだ。すぐに嘘《うそ》だと見抜かれてしまう。

「それより、どした。俺に何か用事があったんじゃないのか」

「ああ、いえ、大したことではないのです。辞書を貸してもらえないかと思いまして」

「それなら、そこの本棚だ」

「はい、お借りします」

美悠羽は本棚から国語辞典を手に取ると、ドアに戻り、ぺこりと頭を下げた。

「では、失礼いたします」

「おお……」

　美悠羽が出ていって、ドアが閉まる。

　ほっと息をついた。危ない危ない。もう少しで、妹がエイリアンに犯されるエロゲを、兄と母親がやっていると妹にバレてしまうところだった。

「それじゃあ再開しましょ！　えい！」

　と美礼が気を取り直して、タイトル画面を出した。

　途端に、たくさんの美少女たちが現れて、一斉にアニメ声で、

『シスターエイリアン♪』

　とタイトルコールしたのと、ほぼ同時に、ガチャリとドアが開いていた。

　美悠羽がまた顔を出していた。

　ぎっくぅ、と俺と美礼は飛び上がり、一瞬でノートＰＣを閉じた。

「ののののノックくらいしろよ！」

「そそそそうよ美悠羽ちゃん！　そんな子に育てた覚えはないわよ！　めっ！」

「……はあ、すみません」

　美悠羽は疑い深そうに三白眼で窺《うかが》ってきて、

「今、何か、アニメ声が聞こえてきたのですが」

「おいおい、こっちはネットでいろいろ検索してるんだぜ。今どき、声優のアニメ声なんてどこででも聞こえてくるんだから、大したことねえだろ」

テレビでも、ソシャゲのCMで二次元美少女が出てくるのだ。ネットやってて出てこないわけがない。

「それはそうですが」

「ほ、他に何か用があるの？　美悠羽ちゃん」

「いえ、これからヘッドフォンをして勉強に集中しますので、不急の用がなければそっとして頂ければと、お願いを」

「わ、わかった！　勉強頑張れよ！」

「お母さんも応援しているわ！」

「……何やら必死なのが気にかかりますが、まあいいでしょう。では」

今度こそ美悠羽は去っていった。俺たちは大きな溜息《ためいき》をつく。

音量を絞って、俺たちは今度こそ『シスエリ』をスタートさせた。

妹はそれぞれタイプが異なるキャラが十二人もいる。ツンデレ、文学少女、風紀委員長、スポーツ少女、陰キャ、陽キャ、小動物系、オタク、お姫様、アイドル、クーデレ、剣道少女、と、よくこれだけ集めたものだ。

いずれも主人公とは腹違いで、血は半分だけ繋《つな》がっているらしい。つまり父親が世界中で子作りしまくったのが、今、日本に結集しているというわけだ。

主人公の妹ハーレムは順調に始まったかに見えた。

ところが——。

記録的な流星雨が地球に降り注ぐ。

そのほとんどは大気圏で蒸発したものの、内部に隠れ潜んでいたミミズかタコのようなエイリアンは、かろうじて生きたまま地表へ到着した。

そこへ通りがかったのが、好感度が最も高まっている妹キャラで——。

「そんな！　まさかこんな展開になるだなんて！」

「驚きですねぇ」

「ああっ、ハルくんの可愛《かわい》がってたみなみちゃんが、あっという間に触手に搦《から》め捕られていく！」

「大変ですねぇ」

「衣服だけを融《と》かす消化液⁉　そんな便利なものが⁉」

「あるんですねぇ」

「うそぉ、どうして地球外生命体の毒液が、人間の媚薬《びやく》になるのかしら⁉　お薬はかなり絶妙に配合された奇跡の産物なのよ！　たまたまエイリアンが進化の過程で生産するに至った毒が、たまたま人間の媚薬になるなんて、確率が低すぎる。これぞ奇跡、まさに運命というやつね！」

「ポジティブですねぇ」

美礼氏は興奮しすぎて、隣の俺を押しのけるように画面に前のめりになったかと思えば、今度は俺の肩を摑《つか》んでガクガクに揺さぶったりしてくる。

どんだけエロゲ楽しんでんだよ、うちの母親は……！

一晩かけて犯し尽くされたみなみちゃんは、翌朝、昨晩の記憶をほとんど失った状態で目を覚ました。

しかし外見上は、これといって暴力を振るわれた形跡は窺えない。痣《あざ》やひっかき傷など一つもなく、綺麗な白い肌をしていた。

困惑するみなみちゃんだが、いずれにせよ、自分の貞操が無事であると安堵《あんど》し、もうこの件は忘れることにする。

しかし、彼女の体内では、寄生虫のようにエイリアンが成長を続けていた。

そして夜になると……。

「ああっ、他の妹たちに襲いかかってる！　みなみちゃんの体から触手を伸ばすようにしてエイリアンが！　不意を突かれた女の子たちに為《な》す術《すべ》はない！　まず口を塞がれ、手足を拘束されて——ああっ、ああっ、大変！　あんなところまで！」

「王道展開ですねぇ」

「でも翌日になると、やっぱりみんな記憶を失ってる。何か違和感を覚えてはいるけれど、その正体についてはポッカリ記憶が抜け落ちてる！　これはトラウマを克服するための脳の苦肉の策かしら⁉　それとも、エイリアンが脳に干渉して自分の存在をひた隠しにしようとしているのかしら⁉」

「どっちでもいいですねぇ」

「ハルくんは妹たちの異常になかなか気づかない。最近みんなちょっと変だなと思いつつも、さほど気にせず生活を続けていく。でもある日、エイリアンの影響で発情してしまった妹が、ハルくんに夜這《よば》いをかけて⁉」

「お約束ですねぇ」

「まずいわ、妹と粘膜接触を始めたハルくんまで、媚薬の影響を受けてる！　理性がぶっ飛んでめちゃくちゃな絡《から》みを始めちゃったわ。なんてハードなプレイなの！　未成年に許されていい行為じゃない！」

「登場人物は全員二十歳以上ですぅ」

その後もハルは、日替わりで妹に夜這いをかけられ、そのたびにハードなプレイを強要された。学校生活もままならなくなり、家に引きこもるようになる。

妹たちも登校を控えていた。学校で、何者かに襲われたような女子が見つかったのだ。

それが自分たちの仕業だとは、今はまだ妹たちも気づいていなかったが、しかし。

ハルと妹たちは徐々に、自分たちが変わってしまったことを自覚し始める。

趣味や嗜好《しこう》がまるで変化してしまい、別人のようになってしまったのだ。

自分が壊れていくことに苦悩する妹たち。

そんな妹たちを助けてやりたいと思いながら、気がつくと快楽の渦に溺れ、全身の精気を一滴残らず搾り取られていく兄……。

やがて決定的な転機が訪れる。精神的に追い詰められた好感度最高の妹みなみちゃんが、包丁を自分の手首に突き立てたのだ。しかし出血はあり得ないほど最小限で済む。その代わり、無数のミミズのような化け物が体内から溢《あふ》れ出《だ》してきた。

半狂乱になってミミズを引き千切るみなみちゃんだが、エイリアンは体内から次々と姿を現し、みなみちゃんの手足を縛り上げていく。

この光景を目撃した他の妹たちも、封印されていた忌《い》まわしい記憶が蘇《よみがえ》り、自分の身に何が起きたのかを察し始めた。

絶望に染められる主人公一家。

一方で、世界中でエイリアンが大量発生をしていた。人間へ寄生し、その体を操り、他人に卵を産み付ける。生物学的にピタリとフィットする両者は、驚くべき速度で生態系の改変を始めてしまった。

もはや人間社会はエイリアンに乗っ取られた。

外見上はこれまでの社会生活とそう大差ないが、人の体はもはやエイリアンに食い尽くされ、個体によっては大きく異形化、完全にバケモノに変わってしまった例もある。

終末感の漂う人類文明。

壊れてしまった世界で、壊れてしまった妹たちが、それでも過酷な運命に抗《あらが》う。ある者は戦いに身を投じ、ある者は逃避にすべてを捧《ささ》げた。

そして後半。

ついに天の助けが舞い降りた。研究所の生き残りが、エイリアン撃退の特効薬を振りまきながら現れたのだ。

保護されたハルとみなみちゃんは、自分たちの治療を懇願する。

しかし――。

検査の結果は皮肉だった。

みなみちゃんがみなみちゃんであるのは、もはや骨と皮のみ。それ以外の肉と内臓、脳さえもが、完全にエイリアンのそれへと置き換わっていた。

つまり、これはもはや、みなみちゃんとは言えない。ただのエイリアンだ。

だが主人公は、ずっとみなみちゃんだと信じ続けてきて……。

みなみちゃん自身も、自分はまだ残っていると信じ続けてきたのに……。

そしてクライマックス。

ハルとみなみちゃん、二人の決断は――。

夜、八時。美悠羽が、ふたたび俺の部屋をノックしてきた。

「兄様？　母様？　出てきてください。いつまで経《た》ってもお夕飯が作られる気配がないのですが、いったい何が……、って、ええっ⁉　なんで二人とも号泣しているのですかっ⁉」

「これが泣かずにいられるかよぉぉおおおおおおおおお‼」

「うわぁぁあああああん‼　みなみちゃぁぁあああああああん‼　私はあなたのことを忘れないわあああああああああああ‼　絶対よおおおおおおおおお‼」

「えっ、えっ⁉　みなみちゃん⁉　誰ですか⁉」

火がついたように泣き喚《わめ》く母と兄を前に、リアル妹の美悠羽はひたすら困惑するばかりだった。

◇

日曜の朝、俺は自分の部屋で頭を抱えていた。

なに書けばいいのか全然わかんねえ――。

美礼に付き合って秋葉原に行ったりしたし、後日凜夏が家族ものの参考資料を貸してくれたりもしたが、その努力も空《むな》しく、これといってピンと来るものはなかった。

まるでイメージが湧かないのは初めてかもしれない。

俺は中学の時から四年ほど創作を続けてきたが、いつも書きたいことを書きたいままに書いてきた。しかし今回は、テーマは家族愛と決められていた。そして勝負は一般投票によって決まる。これを踏まえて、では大多数から支持される面白いストーリーをさあ作りなさい、となったら、全然思いつかなかった。

俺ってひょっとして、創作物に条件とかついちゃうと、途端に書けなくなっちゃうタイプだったのか？

締め切りまで残り一週間である。

そろそろ何を書くのか、輪郭くらい見えていないと、マズい……。

そのとき、

「ん⁉」

スマホが着信した。きめせく先生からの電話だった。

「はい、もしもし」

『種付けプレスか。俺だ。「二度と忘れられない夜を君と一緒に——」きめせくだ』

「すみません、その、名前の前についたキモいの、なんですか」

『解号に決まっているだろう。本来の自分の力、真の力を発揮するための……』

「いやそんな中二病いらないんで」

『おまえもつけたらどうだ？「あなたの股間に花束を——」種付けプレス、みたいな』

「ただのセクハラじゃないですか‼」

だいたい俺、種付けプレスじゃねえから！　仕方なく影武者やってるだけだから！　きめせく先生もこの前、薄々感づいたんじゃなかったのかよ！　まあスルーしてくれるんならいいんだけどよ！

俺は溜息《ためいき》をついて、

「それで、なんですか、こんな朝から」

『朝？　ああ、本当だな。地下室に自分自身を缶詰にしていたから、気がつかなかった。これで四徹か……』

　また脳内麻薬ドバドバで執筆しまくったなこの人……。そのせいで娘との仲が最悪なの、何も反省してねえじゃねえか……。

『俺が今回、電話したのは他でもない。貴様の進捗状況を聞いておこうと思ってな。なんなら、何かアドバイスの一つでもしてやろう』

「へえ……俺が娘さんを負かしちゃってもいいんですか？」

『ベッドの上でなければ構わん』

「どういう意味だ⁉」

　ちっくしょう、きめせく先生のイメージがもう、めちゃくちゃじゃねえか。会う前はラノベの神で天上人だと思ってたのに、今や下ネタ好きで娘にも嫌われてるダメ親父《おやじ》じゃねえか！

『それで、どういう話にするのかくらいは、決まったのだろうな』

「それが……あんまり進んでいなくて」

『何。締め切りは一週間後だろう。まだ決まっていないとはどういうことだ。ネタ帳にたくさん書きすぎて、まとめきれないということか？』

あんたみたいな執筆お化けと一緒にするなよ……。

『ふん……なら俺からのアドバイスだ』

「お願いします」

俺は居住まいを正して、傾注した。人格は大いに問題あるが、こと創作に関しては、きめせく先生は超一流だ。彼からアドバイスを貰《もら》えるというのは、だからとても貴重だ。

『小説は自分の知っている範囲で、狭く短く書け、ということだ。——これは金言だぞ』

「自分の知っている範囲で……狭く、短く……ですか」

ん？　どこかで聞いた話だ。俺は首を捻《ひね》る。ごく最近、まったく同じ話を聞いた覚えがある。

続くきめせく先生の言葉を、俺は先んじて発言した。

「ヘタに取材して付け焼き刃の知識を振りかざすより、よく知っていることを集中して書いたほうがパワーが出る……」

『なんだ、知っていたのか』

「いえ、少し前に、似たようなことをある人から聞かされまして」

そうだ、美礼だ。秋葉原のエロゲショップで、種付けプレスの次回作の話をしていて、そういう会話になったはず。

『ほう。そいつが誰だか知らんが、見込みのあるやつだ』

日本最高峰ストーリーテラーが感心している。本物の種付けプレスに。うちの、母親に――。

ド新人のくせにその金言を直感していたうちの母親は、やはり作家として天賦の才に恵まれているのだ。そして自らの行動をもって、俺に道を示してくれていた……。

あの時の美礼の言葉を、脳内から引っ張り出す。

『作家が自分の人生をギュッと圧縮したような作品。恥も外聞もなく、これが自分の人生だと、生き様のすべてをかけた作品。魂の込められたそんな作品は、きっと誰も否定しようのない傑作になると思うの』

俺は通話を切り、脳内で反芻《はんすう》する。美礼が事前に示してくれていたことを。

考えてみれば、世のあらゆる受賞作や爆発的に売れた作品には、その傾向がある。何せ人というのはやっぱり人それぞれに生きていて、事実は小説よりも奇なりだ。作者の人生を、魂を込めた作品ほど、面白いものはないのは当然だった。

それなら――。

小説に込めるべき、俺の人生、俺の魂とはいったい——。

ベッドで三十分ばかり考え込んでいたら、ノックがした。

「兄様、少しよろしいでしょうか」

「ん？　美悠羽か。入ってきていいぞ」

「失礼します」

静かにお淑《しと》やかに入ってきた妹の服装に、俺はきょとんとした。

「今日は日曜だろ？　なんで学校の制服着てるんだ？」

都内でも有名なお嬢様学校。その制服はあまりにも可愛《かわい》らしく、その制服を娘に着させたいがために受験させる親御さんもいるという。そして美悠羽には、その可愛らしい制服がとても似合っていた。

しかし美悠羽は、むっと睨《にら》みつけてきた。

「なぜって、決まっているでしょう。今日が特待生枠をかけた、面接の日だからです」

あっと声を上げてしまう。

そうだ、美悠羽は美悠羽で、人生をかけた重要な戦いをしていたのだ。都でわずか五人しか受けられないとされる特別な奨学金制度。美悠羽は類い希《まれ》な美術センスによって、その候補に挙がっている。

「すまん……ずっと前からわかっていたのに、つい忙しくて失念してしまっていたな」

「いいです。兄様はそういう人ですから」

「そういう人って……？」

「何かに熱中して、それに全精力をかけられるけれど、他の何かが見えなくなってしまう。猪突猛進《ちょとつもうしん》の、一点突破型です」

「ああ……覚えがある」

しかし集中力は諸刃《もろは》の剣だ。使い方を間違うと、きめせく先生のように家族をないがしろにしてしまう。

——俺のようにはなるなよ。

——ならねえよ。

あんなやりとりがあったのに、気づけば俺は、美悠羽のことが見えなくなっていたわけだ。これじゃきめせく先生のことを言えないじゃないか。

「でも、兄様はそれでいいんです。熱中できることがあるなら、家族のわたしたちはそれを応援しますから」

「……いや」

それじゃあダメだ。おそらく、きめせく先生も、最初はそうやって家族に助けてもらっていた。そして化け物じみた作家へと実績を積み上げていった。しかし気づいた時には、何よりも大切だった家族を失っていたのだ。

俺は、同じ轍《てつ》は踏むまい。

「今日が面接の日か。制服を着てるってことは、そろそろ出る時間か？」

「はい、本当はまだ余裕はあるのですが、早めに出て、会場の近くで待っていようかと」

いい心がけだ。美悠羽がうちで一番しっかりしているかもしれない。

「面接対策もバッチリか」

「はい、この面接を受けるのは、うちの学校では三年に一人は現れるそうなので、学校側も慣れたものでした」

さすが有名お嬢様学校だ。俺なんかの心配は杞憂《きゆう》というわけだ。

「じゃあ、もう準備はバッチリか」

「……いえ、その」

しかしここに来て、美悠羽は目を伏せ、もじもじし始めた。

「やはりわたしも、少し緊張してしまって……勇気が出なくて……」

珍しい。美悠羽はお淑やかな外見に反して、意外と物怖《ものお》じせず、いつも超然と構えているタイプだ。頭がよくて決断力もあるし、リーダーに向いている。学校でも、人を引っ張る生徒会や学級委員、美術部の部長に推薦されるという。

その華奢《きゃしゃ》な体に、たくさんの期待を背負って。

でも、美悠羽だってやはり人の子なのだ。

「あ……」

と美悠羽が声を出す。

俺が、美悠羽の頭に手を載せ、撫《な》でたからだ。

「大丈夫だ、美悠羽」

俺は強がる。俺なんかが強がる。きっと今の美悠羽以上に。

俺なんて大した人間じゃなくて、才能に恵まれた他の人たちとは比べるべくもないけれど。

不安で肩を震わせる妹がいるのなら、俺は世界一強い兄を演じてみせる。

「お兄ちゃんがついてるぞ！」

「――っはい！」

美悠羽は頰を染め、ぱあっと明るい笑顔を振りまくと、さっきまでとは打って変わった軽い足取りで部屋を出ていった。

階段を下りて、玄関に向かう。美悠羽が靴を履いて、手を振ってくる。

「では行ってきます！　――お兄ちゃん！」

お嬢様の仮面をはぎ取った、昔ながらの、おそらく本当の笑み。それは花咲くような、清楚《せいそ》で可憐《かれん》な、素敵な微笑《ほほえ》みだった。

俺は玄関先で、遠ざかっていく妹の背中を眺めていたが……。

ハッとした。妹が美術部ということが脳内で結びつき、俺は慌てて自室に戻ってノートPCを開いた。とんでもない大ボケをやらかしている可能性に思い至ったのだ。

そう、近年のネット小説サイトでは、イラストの設定もできる……。そして今回の審査は一般からの投票制……。

まさか。

俺は件《くだん》のコンペも確認してみる。これもやはり、イラストを設定できるようだ。

マズいっ――。

俺は慌てて勝負相手の千里に電話する。

『ハロー。「尊敬する歴史上の人物はスティーブ・ジョブズ」千里えびでんすとは、うちのことや』

「いや解号とかいらないんで。っていうか解号だっさ！」

『なんやて!?　おまえは今、世界中のアップル信者を敵に回したで！　明日の朝日を拝められると思てんのとちゃうぞ！』

「必死に関西弁のマネとかしなくていいんで。それより、勝負のネットコンペの話です。これってイラストの設定もできるみたいですが、俺たちは禁止ですよね？」

だって、これは小説勝負でしょ？　ならイラストは不純物でしょ？

しかし千里は、

『はあ？　イラスト有りに決まっとるやろがい』

と言ってきた。

『ラノベはイラストとの合作や。うちはコミケで知り合った実力者を口説き落としたで。おまえも知り合いのイラストレーターの一人くらい、おるやろ？』

「いませんよ！」

『なんやおまえ、意識ひっくいんとちゃいまっかぁ～？　ラノベ作家の端くれやったら、このイラストレーターとタッグ組みたいって、目星くらいはつけとくもんやろがい』

「いや、そういうのは編集の仕事だと思ってて……」

『あははは！　ならうちの勝ちやな！　戦う前に勝負は決まりや！　勝敗を分けたんは人脈の差！　ラノベ作家としての意識の差や！』

「千里さんって一般文芸作家じゃなかったんですか？」

『そそそそうやし！　普段は一般文芸を書いてるんやし！　ただ今回はおまえに合わせてしょうがなくラノベで勝負してやっとるだけだし！』

だからなんでそこで必死になるんだよ、この人。

『ともかくや』

と千里は続けた。

『プロ作家いうんは売り上げがすべてや。その縮図である今回の勝負では、投票数がすべてになる。投票数を増やすためなら、イラスト用意するくらい当たり前やろ』

くそ、ここらへん、本当にプロとアマチュアの意識の差か。俺の考えが甘かったというわけだ。

『今さら勝負の取り下げは認めへんで？　まあ大人しく負けを認めるなら、多少は減刑したってもええわ。二度と小説を書かへんのから、三年書かないとか、そのくらいで許したるで？』

「すいません僕の負けです許してください」

『なに本当に謝っとんねん！　許すわけないやろ！』

まあ首を洗って待っときや、あはははは——。

そう勝利の高笑いを残して、千里は通話を一方的に切った。

「くそっ！」

俺は歯がみする。どんな作品にするのかも決まっていなければ、どんなイラストレーターに挿絵を描いてもらうのかも決まっていない。

しかも期間は残り一週間。

ここからどうやって形勢逆転できるというのだ。

プロレベルのイラストレーターがいなければ、千里に勝つのも無理そうだし、ランキング一位を取って書籍化なんて夢のまた夢ではないか。このままだとボロ負けで筆を折ることになってしまう！　凛夏にも見捨てられてしまって——。

って、そうだ、凛夏だ！　俺は慌てて、凛夏に電話してみた。

『え、あの、霜村⁉　どうしたの霜村のほうから電話なんて？　初めてじゃない？』

「あれっ⁉　おまえ解号ねえの⁉　それでもラノベ作家か！」

『は？　解号って何？』

途端に冷めた声になった凛夏に、俺は我を取り戻した。

「そうだよな……普通、解号なんて持ってねえよな……。危うくおかしな世界に行っちまうところだったぜ……」

『よくわかんないんだけど、なんか用があるんじゃないの？　じゃないと霜村から電話してこないよね？　どうせ』

「どうせってなんだよ、理由なしに電話しちゃマズかったか」

『いやいやいや全然いいんだけど？　何？　なに話す？　それともどっか行く？　それとも今日寝るまでずっと喋《しゃべ》ってる？　あたしはそれでもいいよ霜村がどうしてもっていうなら仕方なく！』

「まあ電話したのには理由があるんだけどよ」

『は？』

凛夏はいきなり不機嫌な声でそう言った。

「おまえ知り合いにイラストレーターっている？　紹介して欲しいんだけど」

あたしに用事じゃないんかい、ただのハシゴ役じゃん、と凛夏が何か小さく愚痴っているようだった。

「凛夏？　聞こえてるのか？」

『イラストレーターいるけど女子だから紹介無理』

通話が切れた。

おい、なんでだよ。なんで女子だと紹介できないんだよ。女子でも男子でもいいからイラストレーター紹介しろよ。

ってていうか何で怒ってんだよ。解号か？　解号がマズかったのか？

俺はスマホを無言で見下ろした。とそこで、

「ん⁉　今度は美悠羽から電話か」

通話に出る。今日は忙しいな。いろんな人が立ち代わりじゃねえか。

「はい、『あなたに新しい青春の一ページを――』霜村春馬《はるま》です」

『兄様⁉　なんですかそのダサい一句⁉』

「はっ⁉　しまった、思わず解号を……。今のは聞かなかったことにしてくれ、美悠羽」

いいですけど、解号？　と美悠羽は困惑げだ。俺は咳払《せきばら》いして、

「それで、どうした。まだ会場にはついてないよな？　最寄りの駅に到着したくらいじゃないのか？」

『それが、大変なんです、兄様！』

「ん？　どうした」

俺は眉根を寄せる。美悠羽の声は切羽詰まっていて、普段より口調も粗野だった。

珍しく忘れ物でもしたのか、と思ったら、そんな可愛《かわい》げのある話ではなかった。

『何か事故があったみたいで、電車が止まってしまっているんです！』

「えっ⁉　事故⁉　電車が止まった⁉」

一瞬思考が止まったが、すぐに動き出す。

「面接、間に合うのか⁉」

『わかりません……。駅のアナウンスだと、まだ何十分も止まるらしくて、全然復旧のメドが立たないとかで』

「なんだよ、そりゃ⁉　よっぽどだぞ⁉」

『みんな電車は諦めていて……ロータリーの、バスも、タクシー乗り場も、長蛇の列なんです……！　どうしたらいいでしょう、兄様。このままでは面接に間に合わないかもしれません！』

「っ……！」

落ち着け、俺！　こんな時、どうする。美礼なら——うちの母親なら、どう切り抜ける⁉

そう自分に問いかけながら、俺も結局なんだかんだで、あいつを頼りにしているのだと気づかされる。

そこで、ハッと閃《ひらめ》いた。思い出したと言った方がいいか。

昔、俺がまだ小さかった頃だ。

楽しみにしていた保育園の遠足の日で、早めに出なければいけなかったことを、俺はうっかり母親に伝え損ねていた。当日の朝になって思い出し、もう間に合わない、みんなに置いていかれてしまうと、幼い俺は泣き出して。

けれど、美礼は力強く応えてくれた。

――安心して、ハルくん。お母さんがついてるわよ！

そして美礼は俺を荷台のチャイルドシートに乗せ、必死でママチャリを漕《こ》いでくれた。体力に自信なんてないあいつが、あそこまで頑張ってくれたんだ。

俺は奥歯を噛《か》みしめ、覚悟を決めた。

「安心しろ、美悠羽。お兄ちゃんがついてるぞ！　ロータリーで待ってろ！」

『え、でも――』

通話を切って、自転車に跨《また》がり、立ちこぎでスタートした。

うおおおおっ、と駅に向かってぶっ飛ばす。

最寄りの駅まではそう遠くない。すぐに見えてきた。

俺は狭いロータリーで、美悠羽の姿をひと目で見つけ出す。

「美悠羽！」

「兄様！」

美悠羽の前にドリフトするようにして滑り込むと、俺は、

「乗れ、美悠羽！」

「えっ？」

「電車も、バスも、タクシーもダメだってんなら、俺が自転車で送るしかねえじゃねえか！」

「でも、そんな！」

「大丈夫だ、他の路線がある駅までなら、そんなに遠くない！　とにかく乗れ！」

「は、はい！」

美悠羽が荷台に腰掛け、俺の服の裾を握りしめたのを確認すると、俺は全力でペダルをこぎ始めた。

「どっせえええええいっ！」

これでも学校には毎日三十分かけて自転車で登校している。最近は三十分を切れるようになってきたし、下半身には自信がある。

俺たちは全速力で街中を疾走する。

さっそく息が上がり、太股《ふともも》が焼け付くような痛みに襲われる。だが、それがどうした。妹が――美悠羽が俺を必要としているんだ。このくらいできなくて、何がお兄ちゃんだ！

「しっかり摑《つか》まってろよ、美悠羽ぁぁあああ‼」

うおおおおおおおおおおおおおおおおおおっ！

「はいっ！」

そして二十分後、俺は汗びっしょりになりながら、

「見えてきた！　あの駅からなら、都心行きの別の路線が延びてる！」

「はい！」

駅入り口の前にドリフトする。美悠羽は驚くほど軽快に飛び降りた。

「ありがとうございます、兄様！」

「お、おう……どうってこと、ねえぜ……！」

俺はぜーぜー言って、足がガクガク震えていた。

しかし良かった。どうにか間に合いそうだ。

うっすらと、視界が霞《かす》む。呼吸困難で、俺は幻覚が見え始めたのかもしれない。

「……ねえ、お兄ちゃん？」

妹が、何やら淫靡《いんび》な、妖しい笑みを浮かべたように見えた。

「ご褒美《ほうび》をあげなくちゃね……？」

ご褒美？

いったい、何を言っている……？

──きっと、これは俺の幻覚だ。

「わたしがお母さん──種付けプレスとタッグを組むイラストレーター、『性なる三角痴態』その人だよ？」

そう言って美悠羽は、小悪魔的な笑みを浮かべて、周囲に人がいないことを目を走らせて確認し。

少しだけ、ちらりと。

スカートをたくし上げて見せた。

陶器のように白く美しい太股の上には。

レースの紐《ひも》パン、だと……⁉

性なる三角痴態が、そこにあった。

Hahaoya ga ero-ranobe taisyou jyusyou site jinnsei tsunnda

霜《しも》村《むら》美《み》悠《ゆ》羽《は》

Miyuha Shimomura

profile

年齢： 14歳

身長： 149cm

体重： 39kg

スリーサイズ： 74/51/73（Bカップ）

好きなもの： ~~兄様~~

嫌いなもの： ~~兄様に近づく女~~

好き嫌いはありません

都内有数のお嬢様学校に通う中学二年生。普段はお嬢様の仮面を被っており、クールであまり感情を表に出さないようにしているが、女王様の本性を出したときは小悪魔的で、特に大好きな兄の春馬に対してからかうような言動が増える。

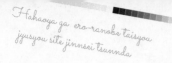

第五章『家族の定義を真面目に考えて人生詰んだ』

俺は激しい焦燥感を胸に自室に戻ると、ノートPCを開いて『性なる三角痴態』について検索してみる。ピタリと閉じられた太股とパンツに隠された女性器との隙間が織りなす奇跡の逆三角形……ってそういうことを知りたいんじゃないんですがね。

イラストレーターのほうだ。

繊細な線と圧倒的な立体感が描き出す、新進気鋭のキャライラストレーター。最初期はピクシブやツイッターにイラストを投稿していただけだったらしいが、話に聞いていたとおり、絵師に大抜擢《だいばってき》されたエロゲ『シスターエイリアン』の大ヒットによって一気に知名度を上げたらしい。

画像の数々を見て、俺は赤面してしまう。言葉にするのも憚《はばか》られるような性的な絵なのだ。エロ絵だけではなく、大事なところは隠されたイラストでも、女性キャラはむしろ裸のほうがまだマシな、あまりにエッチな服装で。体にピッタリとした布を貼り付け、脇やへそといった部分は露出、さらに下半身もアブナイところまでギリ見えそうになっている。

嘘《うそ》だろ──。

俺は愕然《がくぜん》として頭を抱え込んだ。

こんな性的な絵を、あの清楚《せいそ》で可憐《かれん》な、うちの妹が描いたというのか⁉

しかしよくよく見てみれば、絵のタッチにも近しいものがある。普段美術部で描いているのは手書きで、こちらはデジタルだから、かなり雰囲気は違うが、同じ人物が描いたと言われれば、なるほどと頷《うなず》けてしまえる。

美礼《みれい》と『シスエリ』をプレイした時にも感じていたことだ。性なる三角痴態の画風にはどこか馴染《なじ》みがあった。それもそのはず、他ならぬうちの妹が描いていたからなのだ。

俺はあまりの悪夢に、起きたまま魘《うな》されてしまう。

そして種付けプレスとしてのメールアカウントでログインし、最近花垣《はながき》から転送されてきていたラフ画を見る。

ラフ画というよりは裸婦画だった。

『ギリシャ神話よりかくあれかし』の主役である、母親と、息子のイラスト。

それは普段からよく知っていなければ書けないだろうと思われるほどに、美礼と俺にそっくりだった……！

俺と母親にそっくりな二人が、性的な絡《から》みをしている！

これを妹が描いたというのか！

なんという深き業……！　なんという深きカルマ……！

やはり俺の人生は詰んでいる……！

「ただいま～、ハルくん、いる？　町内会終わったわよー。って、どうしたの、幽霊みたいな真っ青な顔をして⁉」

「母さん……俺、前世でたぶん大量殺人鬼だったんだ……罪を償わなくちゃいけない……今からちょっと頭そり上げて入山してくるよ……」

「いきなりどうしたの⁉　修行僧⁉　しっかりしてハルくん⁉　何があってもお母さんがついてるわよ⁉」

「うるせえええ！　放せえええ！　俺は生きてちゃいけない存在なんだあ！　殺せぇぇぇえ！　誰か俺を殺してくれぇぇぇえぇ！」

「わあああっ⁉　ハルくんが壊れちゃったぁ⁉　行かないでぇぇ！　お母さんを一人にしないでぇぇぇぇ！」

そうして俺たちは玄関先で一悶着《ひともんちゃく》あって。

気がついたら、俺は、

「よしよし」

と美礼に膝枕されて、頭を撫《な》でられ、親指をおしゃぶりみたいに吸っていた。

「ハッ⁉　危うく幼児退行していたみたいだ⁉」

「危うくというか、みたいというか、完全に子どもに戻っていたわよ。でも良かった。我を取り戻したのね、ハルくん。けれど名残惜しいから、もう少し休んでいていいのよ？　お母さんが耳掃除してあげましょうか？」

「いやそういうのいいから」

俺は身を起こして、ここが自分の部屋であることを確認した。

そしてノートPCの画面を美礼に向ける。

「これを見てくれ」

性なる三角痴態がネット上に上げているエロイラストだ。

「あら、なんていやらしいイラストなのかしら♪　これを描いた子はきっと真性の変態さんね♪　親の顔が見てみたいわ。うふふっ」

「普通なら批判的なセリフのはずなのに、口調のせいで肯定的になってやがる……！」

じゃなくて、と俺は言って、

「これ描いたの、誰だと思う⁉」

「え、これを描いた人？」

美礼はじーっとイラストを覗《のぞ》き込むと、

「ああ、これって性なる三角痴態先生かしら。『シスエリ』のイラストレーターで、『ギリ神』に挿絵をつけてくれる人よね？」

「その様子だと、その正体までは知らないようだな」

「正体？」

美礼は小首を傾《かし》げて、それから思いついたように手を打った。

「エッチな妖精さんかしら？」

それだ、みたいに言われても。なんだそのメルヘンな世界観。

「じゃなくて、うちの美悠羽《みゆは》だよ！」

「ほら、やっぱりエッチな妖精さんじゃない！」

「なんでだよ⁉　あんた普段、自分の娘のことどういうふうに見てんだ⁉　っていうか驚け！　合点《がてん》がいったみたいな顔してんじゃねえ！」

「って、ええっ⁉　美悠羽ちゃんがこのイラストを描いたっていうの⁉」

「そうだよ！　あの清楚で可憐で、お嬢様学校に通っている淑女の卵で、少しでもエッチなことには熱を出してしまう、純粋培養で穢《けが》れ一つなく育っていたはずのうちの妹が、まさかこんなエロイラストを描けるようになると思うか⁉」

「さすが私の娘ね！」

「だから合点がいったみたいな顔してんじゃねえ！」

そうこうしているうちに、窓の外がすでに夕闇に染まっていることに気づいた。

しまった、さっきショックで寝込んでいたあいだに、かなりの時間を浪費していたらしい。これだけ時間が経《た》っているということは……。

静かに耳を澄ましてみると、玄関のほうから、ガチャリ……、と音が聞こえてくる。そして階段を上がってくる音。

「あら、うちのエッチな妖精さんが帰ってきたようね♪」

ご機嫌に微笑《ほほえ》む美礼。しかし俺は胃がキリキリ痛む。

「うぅ……まさか、嘘だろ……あの美悠羽が、性なる三角痴態その人であるはずが……」

しかし駅前でのことを思い出す。妹が自分から駅前でスカートをたくし上げて兄にパンツを見せた、という信じられない出来事。あんなことが現実にあっていいはずがないが、俺の記憶ははっきりしている。妹のパンツが脳裏にこびりついてしまっている。

迫り来る足音は、真《ま》っ直《す》ぐ俺の部屋の前まで来たようだ。

「兄様と母様、いますね？　声が聞こえてきています。入りますよ？」

声は普通のようだが、俺はゴクリと息を呑《の》む。

「お帰りなさい、美悠羽ちゃん。今日はお赤飯ね！」

「あ、ああ……」

なんでだよ。

ガチャリとドアが開く。

そしてゆーっくりと見せてきた美悠羽の顔は、今まで見たことのない、いやあのとき駅前で見せたような、小悪魔な笑みだった。

「お兄ちゃん、わたしのパンツ、見たよね……？」

「ッッ……‼」

「どんなパンツだったか、覚えてる？」

レースの紐《ひも》パン——。だが言えるはずがない。言っていいはずがない。兄が妹のパンツを把握していていいはずがないのだ。俺は無言で固まるしかない。

ここで美礼が、俺を庇《かば》うように前に出る。

「ハルくんが言う必要はないわ」

そして名探偵のように指を差した。

「美悠羽ちゃん。あんたのパンツは水色のストライプ、いわゆる縞《しま》パンよ！」

「いやなんであんたが知ってんすかね」

「だって美悠羽ちゃんは中学生なのよ？　縞パンに決まってるじゃないの！　お母さんは縞パンしか買い与えていないわ！」

その縞パンへの飽くなきこだわりは何なんですかね。

しかし美悠羽は、

「残念……」

と言って、自らスカートをたくし上げて見せる。

「おい何して――」

止めようとした俺は、間に合わず、凝然と固まってしまう。やはり夢でも幻でもなかった。美礼も「⁉」と愕然としてしまっている。

「そんな、あり得ない――うちの美悠羽ちゃんは、縞パンしか持っていないはずよ⁉」

だが美悠羽が今穿《は》いているパンツは、違った。悪夢が現実となったように、駅前で俺に見せたのと同じレースのそれ。大人の女性が穿くようなセクシーランジェリー。ひらひらで、スケスケで、わずかな布が細い紐で繋《つな》がっている。紐パン、というやつだ！

そう、今日は人生をかけた面接だった――だから。

勝負下着で面接に臨んだってことか⁉

「本当はこれに、セットでガーターベルトがつくのですけどね……」

美悠羽はまだ手加減してやっているのだと言わんばかりに、勝ち誇った笑みを向けてくる。

「ふふ、面接官のおじさんやおばさんがビックリしてしまうでしょう？　だから、中学生がセーラー服でガーターベルトはやめておいたのです」

俺たちは唖然《あぜん》とするしかない。いろんな意味で。

「うそ……嘘よ……。美悠羽ちゃんが、そんなのを穿くはずないわっ……！」

「そうだよな……まさか、あの美悠羽が……」

「じゃなくて、あの下着、お母さんのものでもないのよ！」

「そっちかよ！」

「それにとても高価な下着よ！　美悠羽ちゃんのおこづかいで買えるはずないわ！」

そこで美礼は、ハッとした。

「まさか……！　私たちに隠れて、妖しいバイトをっ……!?」

「そう、わたしはじつは、ＳＮＳで知り合ったおじさんたちと、あんなことやこんなことをするバイトをしているのです」

「いやだからそれ、性なる三角痴態としてのイラストレーターの仕事だろ。もうオチがわかったから巻けよ。引き延ばしいらねえから」

俺は冷めた目をしてドライにそう言った。だが妹は止まらなかった。

「そう、ツイッターにエッチな画像を上げて、釣れたおじさんたちがもっとこういうのが欲しいとか、もっとエッチなのがいいとか要求してくるので、それに合わせてさらにエッチな画像を送り、その対価としてわずかなお金を貰《もら》う……」

「だからそれエロイラストレーターだろうが！　いちいちパパ活みたいな言い回しにしてんじゃねえ！」

「そしてこれからはお母さんの要求で、たくさんの男の人にわたしのエッチなあれこれを見てもらうことになるのです……そしてお母さんはそこからお金を貰い、家計の足しにしていくのです……」

「だからヤバい貧困家庭みたいな言い方してんじゃねえよ！　『ギリ神』のイラスト担当ってだけじゃねえか！」

「ああ……このことは兄様にだけは知られたくなかった……兄様だけはわたしの希望だった……だけど真実を知った兄様は、俺だけの女になれって無理やり……」

「しねえよ⁉　何もしねえよ⁉　何言ってんのこの子⁉　こっわ‼」

ああもう、ちくしょう！　うちの妹の本性、こんなんだったのかよ！　すっかり美礼の中学生バージョンじゃねえか！

こんな化け物を産み育ててしまった母親は、「ぐすん……」と泣いていた。

「まさか、あの小さかった美悠羽ちゃんが、こんな子に育ってしまうなんて……」

「もういいよ嬉《うれ》し泣《な》きなんだろそれ。オチ見えてるよ」

「こんなに立派に育っちゃって！」

「やっぱりじゃねえか！」

最悪だ。母親だけならまだしも、いや母親だけでもこっちのライフポイントはもうゼロなのに、まさか妹まで救いようがないとは。

「茶番はこれくらいにして、じゃあ作戦会議を始めるわよ、バカ兄」

「え？」

俺の聞き間違いか？　今、美悠羽がもの凄《すご》く辛辣な口調で「バカ兄」って言ったような。

しかし聞き間違いではなかったらしい。

美悠羽は学生鞄《かばん》を放り投げると、俺の部屋でただ一つだけある椅子に乱暴に座ってふんぞり返り、甘やかされて育てられたお姫様よろしく生意気そうな視線を向けてきた。

「バカ兄、いつまで間抜けな面を晒《さら》してんのよ。そのバカみたいなダラしない顔は、夏場の薄着になったお母さんの胸を凝視するときだけにしときなさいよね」

「ちょちょちょちょ、え、何？　なんて？　今なんて？」

「お母さん、夏になるとね、バカ兄ってチラチラお母さんの大きなおっぱいを盗み見てるんだよ。気づいてる？」

「ええっ、そうだったの⁉　ハルくん、言ってくれればいつだって見せてあげるのに」

「ちょっと黙っててもらえますか」

状況がカオスすぎてヤバい。全然収拾がつかない。

俺は美悠羽へ振り向く。

美悠羽は薄い笑みを浮かべて、こちらを真っ直《まっす》ぐに見返してくる。

なにこの怪物。こんな化け物が、ずっと俺の近くに隠れひそんでたの？

ちょっと信じられない俺は、普通の世間話を試みる。

「ええと、美悠羽？　その、どうだった、面接は？」

「何その子どもとぎくしゃくしてる父親みたいなセリフ？　このわたしが面接ごときでしくじるわけないいじゃない」

「あ、はい……そうですね……」

やべえ。強《つえ》え。うちの妹めっちゃ強えぞ。

「ちなみに、お兄ちゃん、今後わたしに逆らったら、これ、どうなるかわかる？」

これ。

美悠羽《みゆは》が取り出したのは、泣きエロゲの大傑作『シスターエイリアン』だった。

「ちょおまっ」

慌てて奪い取ろうと手を伸ばすが、ひょいっと躱《かわ》されてしまう。

「妹がエイリアンに陵辱されるエロゲをやっている兄……こんなのが世間に知られたら、お兄ちゃんどうなるかな？」

「殺せ‼　早く！　今のうちだぞ！」

俺は自分の心臓を差し出すように、大きく胸を張った。さあ今すぐ抉《えぐ》りだせ！

「はい、じゃあ今後、二度とわたしに逆らわないことね」

ふふん、と美悠羽が生意気そうに勝ち誇る。

くっそぉ……。俺は一生、妹の奴隷として過ごすことになるのか……！

っていうか今さらだけど、よくこいつ、自分が妹のくせに妹キャラがエイリアンに犯されるイラスト描きまくったもんだな！　全部で十二人分だぞ！

「それより、今たいへんなのはバカ兄の勝負の話でしょ」

え、と俺は目を見開く。美悠羽には驚かされてばかりだ。

「千里《せんり》との勝負のことか。なんでそんなことまで知ってる？　っていうか、母さんが種付けプレスってことも知ってたよな？」

「あのね、隣の部屋の声くらい、聴診器当てれば聞こえてくるから。ずっと様子もおかしかったし」

美悠羽は事もなげに言うが、俺は聞き捨てならない。

「ごめん聴診器？　お医者さんごっこのアレ？　え、なんでそんなん持ってんの？　なんでそれを俺の部屋に向けて使ってんの？」

「そ、それはどうでもいいじゃない」

美悠羽は頬をピンク色に染めて目をそらすが、美礼が、

「はい！　お母さんわかっちゃった。美悠羽ちゃんって昔からお兄ちゃん大好きだったから、部屋が別々になるときも嫌だ嫌だって言って聞かなかったわよね？　それで少しでもお兄ちゃんと近くにいたくて聴診器を――」

美礼が言っている途中から、美悠羽はみるみる顔を赤くしていた。そして、

「ストップ！　お母さんストップ！　黙ってて！　わたしのことはいいから！」

ごほん、とわざとらしく咳払《せきばら》いをして流れを切る。……あー、それ俺もよくやるやつだわ。こんなわざとらしく見えるもんなんだな……。

「それで」

と美悠羽は気を取り直して言う。

「なんの話だっけ？」

「聴診器ってどこで売ってんの？」

「だからそれはもういいって言ったでしょうが！　今はわたしの話じゃなくてお兄ちゃんの話！　ねえお母さん、息子が今大変なんだよね？」

「いくら勝負下着だからって女子中学生がレースの紐《ひも》パンはないと思うの」

「だからいつまでわたしの話で引っ張るつもりよ！　どうでもいいでしょうがわたしの話は！」

いやそういうわけにもいかないんだがな。中学生の妹が聴診器持ってたり、勝負下着がレースの紐パンだったりとか、家族会議で追及すべき問題だぞ、これ、うん。

なあ、と美礼にアイコンタクトをすると、美礼もうんうんと頷《うなず》いている。

「もうわかったわよ！　あとでいくらでも家族会議に付き合ってあげるから。とにかく今はお兄ちゃんの勝負の話でしょ。お兄ちゃんが二度と執筆できなくなってもいいっていうの？」

「そんなのダメよ！　ハルくんはお母さんと同じエロラノベ作家になるんだから！」

「いや普通のラノベ作家になりたいんですけどね」

ともかく。

「確かに俺の筆は進んでいない。というかまだどういうストーリーにするかも決まっていないんだ」

「それがマズいよね。せめてどんな話か決まれば、わたしもいろいろ絵を描いてバカ兄の想像力を刺激したりできるんだけど」

「え、そんなことまでしてくれんの？」

俺はまじまじと妹を見つめた。美悠羽はハアと息をつく。

「あのね、わたしもバカ兄が勝負に負けると困るの。っていうか、バカ兄には勝負に勝つだけでなく、ランキング一位を取ってもらって、さっさと作家としてデビューしてもらいたいのよ」

「そ、そこまで俺のことを思っててくれてたのか⁉」

兄感動。妹は母親に似てろくでなしかと不安になっていたが、こんなにもお兄ちゃん思いのいい子だったとは。その点は以前と変わらないのだ。

「はいそれ勘違い」

ビシッと人差し指を向けられた。

「わたしはただ高価な画材とか、ハイスペックな液タブが欲しいだけよ。将来的には海外留学もしたいからその予算も貯《た》めときたいし。うちの家計はとにかく火の車だから、みんなで力を合わせてお金を稼ぐしかないじゃない」

いいこと言った、みたいに微笑《ほほえ》む美悠羽だが、

「海外なんて行くなよ美悠羽ぁぁああ！　ずっと家にいろぉぉおおお！」

「そうよ美悠羽ちゃんお母さんを見捨てないでぇぇええええ！」

「反応するのそっち⁉　いいこと言ったんだから感心しなさいよ！　家族で力を合わせるみたいな凄くいい展開だったでしょ今⁉」

「でもその結果美悠羽が海外に行っちゃうなら、なあ？」

「そうよね。家族が離ればなれになっちゃうなら本末転倒じゃない？」

俺と美礼は「ねえ？」と頷き合った。

「このろくでなしども……！　少しはわたしの旅立ちを応援しなさいよ……！」

美悠羽は怒りでぷるぷる震えたが、また溜息《ためいき》をついた。

「いい加減、真面目にやるよ。バカ兄、せめてどうするかヒントくらいはないの？」

「ヒントか。そうだ、今日はいろいろあったから忘れていた」

とても重要なヒントを貰っていたのだった。ただし何日も前に、だ。それを今日、きめせく先生が思い出させてくれた。

「小説は自分の身近なことを、狭く短く書け、ってな。付け焼き刃の知識で書いてもろく

なもんにならない、それなら、自分がよく知っていることを圧縮して書いたほうがいい、みたいな。実際、受賞作や大ヒット作ってのは、そういう傾向にあるしな」

美悠羽が「へえ」と感心した。

「それ、凄くいいアドバイスだよ。言われてみれば、確かにそうだよね」

「お母さんの『ギリ神』も該当するわ。あれは私とハルくんの現実を、ちょっとだけ捻《ひね》った作品だもの」

ガッツリ近親相姦《そうかん》しちゃってるのが、どこが『ちょっとだけ捻った』なんですかね……。

「そのアドバイスした人って、けっこう凄い人なんじゃないかしら」

小首を傾《かし》げる美礼。

「いやあんただよ！　あんたが言ったんだ！」

「あら、そうだったかしら⁉」

忘れてんじゃねえよ……。ほんとにこの母親は。

俺は息をついて、

「まあ、母さんだけじゃねえ。あるベテラン作家さんも同じ意見だったからな。きっとこれが問題解決の糸口だとは思うんだが」

「ふうん、ちなみにそのベテラン作家さんって誰？　有名な人？」

美悠羽が食いついてきた。俺は首を捻って、

「いやあ、ただのダメ親父《おやじ》だよ。一人娘に嫌われて困ってるような」

「お母さんの知ってる人？　なら今度ご挨拶しなきゃいけないわ」

なんで母さんまで食いつくんだよ。

「別にあんな人、大したことねえけどな……俺のことを、自分に似てるって気に入ってくれてるだけで」

「ふっ……バカ兄と似てるなんて本当に大したことないわね」

「おい！」

美悠羽は鼻でせせら笑ってから、

「名前はなんて言うの？」

俺は頰をぽりぽり掻《か》く。

「きめせくっていう作家なんだけど」

「ハア⁉　きめせく⁉」

美悠羽が愕然《がくぜん》として目を大きく見開いた。

「きめせくって、ラノベの神って言われる、あの⁉」

「あら、凄《すご》い人なの？」

「凄いなんてもんじゃないよ！　この二十年で三百冊とか刊行してて、全部売れてるような日本最高峰の作家なんだよ！　全部のペンネーム合わせた総発刊部数は三億部に届くって言われる日本史上最も売れてる作家の一人！　お兄ちゃん、そんな超大物と知り合いなの⁉」

「あんな人、別に凄くねぇよ。一回ムカついたからぶん殴ってやった」

俺が吐き捨てるように言うと、美悠羽は顎が外れんばかりに大口開けて驚いた。

「ぶん殴った⁉　あのきめせくを、ぶん殴った⁉」

「ハルくん、暴力は感心しないわよ。めっ」

「へいへい……」

「ちょっと何普通にしてんの⁉　もっと驚いてよ！　あのきめせくだよ！　日本の文芸史に永遠に名を残すだろうって言われる神様だよ⁉　そんなのとお兄ちゃんが知り合いだっていうんだよ⁉　しかもそれを何⁉　ぶん殴った⁉　似てるって言われて気に入られてる⁉　お兄ちゃんこそ何者なの⁉」

「大げさだって。あれただの下ネタ好きのダメ親父だから」

ひえ～、と美悠羽の口はわなないている。

美礼のほうはよくわかっていない様子で、とにかく嬉《うれ》しそうにした。

「そういう実力と実績がある人が味方でいてくれるんなら百人力ね」

「百人どころじゃないよ……全日本の作家が束になっても勝てるかわからないような怪物だよ……」

そんなきめせくに「見込みがある」って言われてるのが、そこにいる母親なんだけどな。

悔しいから教えてやらねえ。

「で、勝負の相手はその娘さんなわけだが」

俺が後頭部を掻きながら事もなげにそう言うと、今度こそ「ヴェッ!?」と美悠羽の驚きすぎた反応が返ってきた。

「神の子との戦いだったの……!?」

いや神の子て。千里なんてただの意識高すぎるだけの女子大生だぞ。

「あら、あの小さな女の子よね。千里ちゃんって言ったかしら。小学生？　そんなに凄い親御さんの子だったなんてね」

「なんで知ってるんですかね」

「アッ、違うのよあの時のお母さんはただの通りすがりのお母さんだったのよ！」

いや今さら顔を隠そうと手で覆われても。スタバにまでついてきてたことバレバレだったから。『息子ＬＯＶＥ』ってプリントされたシャツ、二度と外で着るなよ頼むから。だいたいアキバデートだって俺の勝負がわかってたからやったんだろうが。

「と、とんでもない戦いに巻き込まれていたようねっ……！　まさかこれが、神の子との聖戦だったなんて！」

いや神の子との聖戦て。何その壮大なファンタジー観。

美悠羽が額に滲《にじ》み出《で》た汗を拭っている。

「バカ兄、よくそんな大物と賭け勝負する気になったよね……！　頭おかしいんじゃないの……！」

「兄に向かって頭おかしいとか言うなよ。傷つくぞ？」

やれやれ、と俺は息をついて、

「勝負を受けた時は、俺もそんなに深く考えていなかったよ。ただ、ランキング一位取れれば書籍化できるってされてるし、千里のやつも鼻持ちならなかったし」

あと作家デビューを母親だけじゃなく、凜夏《りんか》にも追い抜かれて、俺も相当焦《あせ》ってたんだと思う。

「ちょっと破れかぶれな勢い任せな部分も、今になってみればあったかもしれない」

それと、と俺は続ける。

「可哀《かわい》そうだな、って思ったんだ」

「可哀そう？」

「千里のやつは、あんまり家族愛に恵まれなかったんだ。母親は早くに亡《な》くなって、父親は仕事人間で育児放棄……。どうやら千里は、おじいちゃんやおばあちゃんに育てられたらしくてな。まあ、詳しい事情を知ったのは、あとになってからだったけど。でもとにかく、家族愛を否定する千里を、俺はぎゃふんと言わせたくなったんだ」

な、教えてやりたいって思わないか？　──俺はそう言った。

「うちの家族、舐《な》めんなよってさ」

『……！』

美礼も、美悠羽も、言葉を失い、けれど不敵な笑みを浮かべた。

「それじゃあ、バカ兄の書くストーリーは決まりじゃない？」

「そうよねえ。これしかないと思うわ」

二人で何か頷《うなず》き合っている。「ん？」と俺は小首を傾げた。

「何かいいアイデアを思いついたのか」

だって、と美悠羽は言い、美礼と交互に続けた。

「テーマは家族愛で」

「千里ちゃんをぎゃふんと言わせたくて」

「自分の身近なことを、狭く短く書くのなら」

「もう、ストーリーは決まったも同然じゃない」

そこまで言われて、ようやく俺もハッとした。そうだ、なぜこんな簡単なことを思いつかなかったのだろう。格好の題材が、目の前に転がっているじゃないか。

俺は確信を持って頷く。

そして美礼と美悠羽が、同時に言った。

『霜村《しもむら》家――わたしたち自身の、家族の話を書けばいいのよ』

◇

『あ、もしもし霜村？　今ちょっといい？　……あのね、あたしいいこと思いついたんだ。ほら、あんたと千里先輩の勝負の話。どうせまだ何を書けばいいか決まってないんでしょ。あたしが考えといたから。か、勘違いしないでよね？　別にあんたが負けようが、あたしには関係ないんだから。えっ、さっさと要点を言えって？　何よその言い方。いいわよ言えばいいんでしょ。ほら、テーマは家族愛じゃない？　なら、霜村は自分の家族の話を書けばいいって思って——えっ？　もうそれで執筆してる⁉　ある人がヒントくれたって⁉　誰なのその人⁉　そこあたしのポジションなんですけど⁉』

いやおまえのポジションってなんだよ？

「よくわからんが、とにかく執筆で忙しいから切るぞ——お、今の作家っぽいセリフだな」

『霜村のバカ！　もう知らない！』

「……まあ、ありがとうな。凛夏。おまえの声が聞けて良かったよ」

『え？　あ、そう？　あの、あたしも——』

プチ。

あ、通話を切ってしまった。凛夏がまだ何か言いたげだったが。今ごろ凛夏がどこかで怒り狂っている図が浮かぶ。

まあいい。今は本当に筆が乗っている最中だ。ここ何週間か全然書けなかったのが、嘘《うそ》みたいに書きまくれる。

だが何も不思議なことはない。なんせ俺が今書いているのは、フィクションであってフィクションではない。限りなくリアルに近い物語なのだ。

下ネタばかり言うピンク脳の母親。

お嬢様にして女王様の妹。

そんな二人に振り回されながら、ラノベ作家を目指す少年の物語――。

書ける、書ける、自分でも驚くほどに筆が進む。キーボードの打鍵音がまるで一つの音楽のようだ。そして以前からは想像もつかなかったほどに、キャラが自分から動き出す。

俺の想像の産物なのに、キャラが自分から語り出している。

ああ、世界は誰かが産み出すものじゃなかったんだ。

世界は勝手に生まれてくる。俺はそれを文章として書き記す記録者に過ぎない。

だから筆が止まることもない。むしろキーボードを叩《たた》く速度が遅いことに、歯がみする。

文字の変換で、違う漢字が出てくることが煩わしい。

遅い。遅すぎる。これでは間に合わない。想像の世界は生きている。刻一刻と時間が過ぎ去るのに合わせて、登場人物たちも新しい行動を取っている。

待ってくれよ、みんな。

俺を置いていかないでくれ。

俺もみんなと一緒に過ごしたいんだ。俺もみんなと一緒に、同じ時間を生きたいんだ。

なあ頼むよ。

俺を、そっちの世界に連れてってって――。

と、そこでまた着信音だ。

「くそ、いいところだったのに」

俺はスマホをひったくった。

誰からか、よりも、時間に驚く。深夜の三時だって？　ついさっき凜夏から電話があったのは夜の九時だったはずだろ。いつの間に六時間も経過したんだ!?

ともかく、電話の相手は種付けプレスの担当編集、花垣カモメだった。

「はい、もしもし？」

『種付け先生ですかぁ？　花垣ですー。寝ていましたかね？』

「いえ、起きて執筆していました」

『そうですかー。じゃあ賭けは私の負けですねー』

賭け？

『今、きめせく先生と飲んでるんです。種付け先生は今ごろ何をやっているか、ってね。私は種付け先生は絶対日中にメールを返してくるから、夜は寝ていると踏んでいたんですけど』

ああ、それは本当の種付けプレス、美礼の生活習慣だからだろう。

しかしきめせく先生は、俺が種付けプレスとは別人ではないかと感づいているし、俺が徹夜で執筆できる人間だとも知っている。

「その賭けを持ちかけたのは、きめせく先生ですね？」

『うむっ、わかりますか』

「わかりますよ」

情報量に差がありすぎる。その賭けはインチキだ。

「用事はそれだけですか？　執筆に集中したいんですが……」

向こうの世界のみんなが呼んでいる。俺は早く、つぶさにみんなの活動を記録しなくてはいけないんだ。それが作家ってやつで、それが俺の人生なんだ。現実世界のどうでもいい話になんて関わっている暇はない。

『ちょっと待てくださぁーい。きめせく先生に代わります。一言だけ、言いたいそうです』

「わかりました」

交代する間が空いて、

『きめせくだ』

「はい」

『こっちに戻ってこい』

あ……。

俺は口を半開きにして硬直してしまう。

――俺のようにはなるなよ。

そうだった。きめせく先生は向こうの世界の住人になってしまって、こちらになかなか戻れなくなった執筆廃人だ。危うく、俺もそうなってしまうところだった。

「……ありがとう、ございます……」

『うむ』

きめせく先生は言葉少なに、本当に一言だけで、通話を切った。

俺は天井を見上げて、ふう、と息をついて、ノートＰＣを閉じた。

寝よう。

作家というのは想像と現実の架け橋だ。どちらかだけに偏ってしまってはならない。

現実を――身近な人たちを、決して蔑《ないがし》ろにしてはならない。

俺は、家族を大切にできる作家になろう――。そうしてベッドに入り、目を閉じた。

◇

コンペの締め切りまで残り三日、第一稿が完成した。

タイトルは「霜村家物語」。

しかしこの時点で美悠羽から怒号が飛ぶ。

「今どきのラノベのタイトルっぽくないでしょ！」

だが俺は不敵に笑う。

「ふっ、そう言われると思って他にタイトル百個くらい考えておいた。どれがいいと思う？」

俺はタイトル案を羅列した、Ａ４コピー用紙を美悠羽に差し出す。

「へえ、やるじゃない……」

次に美礼が、印刷した原稿を手に持って言ってくる。

「ハルくん、ここの表現なんだけど、胸よりもおっぱいのほうがいいと思うの。胸っていうと少し硬い印象が出るから、おっぱいって言ったほうが柔らかく思えるでしょう？」

「バカ言えッ！　ここをおっぱいにしちまうと、ふわふわなシーンになっちまうだろうが‼　ここは硬派に胸って言っておいたほうが男気が増すんだよ‼」

「そんな！　おっぱいは常に柔らかくあるべきよ！　硬さの残るおっぱいなんて嫌じゃない！」

「何もわかってねえなあ、種付けプレス！　男にとってはな、おっぱい、胸、乳、双乳、ふくらみ……すべて大きく意味が異なるんだよ‼　おまえにはこの読み分けができねえのか⁉　それでも新時代を切り開いたとされる新進気鋭のエロラノベ作家かよ！　そんなんじゃああの三連星と肩を並べることなんて永遠にできねえぜ！」

「くっ……！　なんていう威圧感！　なんていう凄《すご》みなの⁉　これがあのハルくん⁉　まるで別人みたいな作家魂を感じるわ！」

「ふん、俺もようやく一皮むけたのさ……」

「本当に⁉　じゃあちょっとお母さんに見せてくれるかしら……？　一皮むけたそれ」

「ごめんどの話？　どこが一皮むけたと思ってんの？　なんで息子の股間をまじまじと見てんの？」

そうして喧々諤々《けんけんがくがく》の改稿がくり返され……。

「バカ兄！　何よこのエロ表現は⁉　全然エロくないじゃない！　ちょっとわたしとお母さんが絡《から》んでみるから見てなさいよ⁉」

「ちょおまっ！　母親と妹の絡みなんて見たくねえんですがね⁉」

「はい！　じゃあお母さんがハルくんと絡みたいと思います！」

「挙手してんじゃねえババア！　一番ダメなやつじゃねえか！」

「じゃあしょうがないわね、わたしがバカ兄と絡むしかない……。く、屈辱だわ……！」

屈辱とか言いながら、あれ、なんで頬を赤くしながらやる気なの、この子？　いやおまえもダメなやつだからね？　兄と妹で絡みなんてできるはずないでしょ？

……そうして怒号飛び交う改稿が進んでいき……。

「おい美悠羽！　なんだこのキャラデザは！」

俺は印刷したラフ画を突きつけた。

「主人公がめちゃくちゃイケメンに描かれてるじゃねえか！　何この超絶美男子！　おまえ、現実の俺もこういうふうに見えてんの⁉」

「そそそそんなわけないでしょ⁉　ちょっと美化してあげたんじゃない⁉」

美悠羽はカァーッと顔を赤くして否定していた。

「描き直せ！　こんなにイケメンだと、男性読者が面白くないだろ！　普通くらいにしろ！　平均値ど真ん中くらいで！」

「わ、わかったから！」

「あとこれラフ画だから完成形がわからんが、ヒロインたちはめちゃくちゃ可愛《かわい》く仕上げろよ！　おまえのイラストで本文読んでくれるかどうかが決まるんだからな！」

「わかってるって！」

「いいか、ラノベなんてイラストが本体なんだよ！　文章なんておまけだおまけ！　自分のイラスト集を出すつもりで絵を描けよ！」

「作家がそんなこと言っていいわけ⁉」

「イラストレーターはそのつもりで仕事しろってことだよ！　ラノベという名のイラスト集だ！　あとこの妹キャラ！　なんで現実より胸大きいんだよ⁉」

「ううううっさいバカ兄！　殺すわよ⁉」

「バカはてめえだ！　どうせ大きくするならもっと大きくしろ！　おっぱいはデカいほうがいいに決まってんだからな！　出版社のお偉いさんも叫んでたぞ、ふぉおおおおお！　おっぱいぃぃいいいいって！」

　そうして喧々諤々のイラストの直しも進んでいった……。

　ついに、締め切り前日の朝を迎えて――。

『あ、もしもし霜村？　もう書けたよね？　あたしが読んでいろいろ意見出してやってもいいわよ……。って、他の人に読んでもらったって⁉　もう改稿終わったの⁉　もうコンペに投稿しちゃったの⁉　だからそのポジションにいる人って誰⁉　どうしていつもあたしより一歩先にいるのよ⁉　あたしのポジション完全に食われちゃってるじゃない！　もしもし霜村⁉　ねえ聞いてる⁉　ねえ霜村ってば！』

　悪い、寝る。

リビングは死屍累々《ししるいるい》だ。印刷した原稿やイラストの紙が、絨毯《じゅうたん》や布団《ふとん》のように床にばら巻かれている。そして美礼があられもない姿で寝っ転がり、美悠羽はそんなお母さんの服の裾を摑《つか》んで眠っている。

俺もそろそろ限界だ。その場に倒れ込むようにして、眠りに入る。

すみません、きめせく先生。

せっかく忠告してくれたのに、結局徹夜、しちゃいました。

俺たちみんなで、徹夜、何日もしちゃいました。

次は、きめせく先生が――。

娘さんと一緒に、徹夜できると、いいですね……。ZZZ……。

◇

一ヶ月後、いよいよ結果発表の日が来た。

投票のランキング自体はリアルタイム更新で、この一ヶ月、何度か大きな変動があった。

SNSなどを使った大規模な宣伝を行ったものもいれば、元から名のあるネット小説家が新作をこのコンペに投稿したと話題になったこともある。

俺と千里は、互いに新しいペンネームと投稿作のタイトルを教え合い、ランキングの趨《すう》勢《せい》を見守ってきた。

今日の正午ぴったりに投票が締め切られ、最終順位が決まるのだ。

霜村家のリビングでは、六十インチの大型液晶テレビ（商店街の福引きで当たった霜村家で最も高価な代物の一つ）がネットに繋《つな》げられ、コンペの特設サイトを表示している。

今、霜村家には六人の人間が集まっていた。

元からこの家の住人である俺、美礼、美悠羽。

勝負の当事者である千里は、腕を組んで仁王立ちで俺を睨《にら》んでくる。

勝負は降りたが結果が気になる凛夏は「ここが霜村の家……！　あれが霜村の家族……！　お母様と妹様……！」とそわそわしている。って、あれ？　結果が気になるんじゃないの？　俺の家や家族のことばっか気にしてない？　なんで大きく鼻で息を吸って「霜村の匂い……！」とか言ってんの？

そして、きめせく先生だ。彼は普段着なのか今日もビジネススーツ姿で、サラリーマンのように腕時計を確認した。

「正午まであと十分を切ったな……。手応えはどうだった、種付けプレス」

「手応え、ですか……」

俺は後頭部を掻《か》いて、

「もちろん、自分では最高の傑作が書けたと思っています。改稿も何度か重ねて、そのたびに凄く良くなったし、イラストレーターも最高の絵を描いてくれました」

　もちろん美礼が種付けプレスの正体だとは秘密だし、そのイラストレーター・性なる三角痴態が美悠羽だというのも秘密だ。今その二人がこの場にいるのは、ただ単に家族として長男を応援してくれているだけ、ということにしてある。

「一位を取れるかどうかはわかりませんけど、一週間前のランキングでは、すでにトップテン入りしてましたし、上位入賞は間違いないでしょう」

「ふん、この短い期間に、ずいぶん成長したようだな」

　きめせく先生は口端をつり上げ、勝ち気な笑みを向けてくる。俺を種付けプレスとしてではなく、一人の名もないワナビーとして見ている目か。いや、トレードマークの黒縁メガネの奥からは、プロに王手をかけたセミプロの成長を見守るような光が感じられる。

　でも、と俺は言う。

「たぶん、千里さんには勝てなかった……」

『!?』

　みんな、虚を衝《つ》かれたようで、目を丸くして俺を見てくる。

　仕方ない。とくに美礼や美悠羽は、あれだけ力を尽くしてくれたのだ。それで、やっぱり勝てません、自信ないです、なんて本来なら口が裂けても言えないことだ。

それでも、俺は。

「昨日、千里さんの投稿作を読んだんです」

彼女を見て言った。

「すげー面白かったです」

「種付けプレス……」

「千里さんの家族崩壊の物語……最初の一文字目から、最後の了に至るまで、もう俺、胸が締め付けられて、何も手につかなくなってしまうくらいに、心が痛みました。こんな悲劇が許されるのかってくらいに、俺は叫びだしたくなったけど、全体から感じられる圧倒的なリアリティが、俺が逃げるのを許してくれなかった。この家族崩壊は現実のどこかで、今も起きてるんだと、そう突きつけられて、じゃあ俺は今何をしてるんだって。のほほんと生きてていいのかって。誰かのために俺でも行動を起こせるんじゃないかって。そう思わせられたんです。たぶん、俺だけじゃなくて、誰だって同じように思う。万人を家族崩壊という現代社会の問題に向き合わせる、すげー意識が高い面白い小説でした……」

勝てない、と俺は素直に思ったんだ。

こんな壮大な、けれど現実的な小説に、俺の身近な家族のバカ騒ぎを綴《つづ》ったような、そんなコメディ作品が、勝てるはずがない。

「俺は、千里さんの作品に投票しました……」

それは敗北宣言に等しかった。力を貸してくれたみんなに、本当に申し訳ないと思う。

みんなのためにも、俺は自分の作品に一票を投じるべきだったのに、どうしてもそれができなかった。

審査に私情は挟まない。

きめせく先生が千里に怒っていただろう。

俺は、素直に、自分の作品よりも――家族みんなで力を合わせた作品よりも――千里が一人で孤独に作り上げた、家族崩壊の物語のほうが、面白いと思ってしまったのだ。

「ハルくん……」

「兄様……」

眉をハの字にする二人に、俺はただひたすらに謝るしかなかった。

「すまんっ……！」

けれど、それに反応したのは千里だった。

「それって皮肉⁉　ずいぶん悪趣味なことをするじゃない！」

え――？

皮肉？　悪趣味？　なんのことだ。

関西弁でもない。それはきっと、千里の偽らざる本音。

「あんな面白い家族もの書いといて、よくそんなこと言えるよね！　確かにバカらしくて、下品で、下ネタばっかりで……意識が低い小説かもしれない！　でも……それでもこの家族は心のどこかでしっかり繋がってるって！　誰にも切れない絆《きずな》があるって、あれだけ強く行間で訴えておきながら！　そんな、誰もが楽しくなれるようなハッピーな作品で！　一般投票で負けるはずがないでしょ！」

千里はボロボロに涙を流し、

「イラストも、キャラがすっごい楽しそうで……家族みんなが愛し合ってて、信頼し合ってるのが伝わってきて……」

小さい拳をギュッと握りしめ、

「誰だって、あんたの作品のほうが良かったたって言うに決まってる……！　私が……私までが……あんたの作品に一票入れちゃったんだから！」

千里は叫んだ。

「あんたが勝つに決まってるじゃない！」

うっ、ひっく……。号泣は止まらない。

千里は涙を拭うが、涙は次から次に止めどなく溢《あふ》れてきて、その顔はぐしゃぐしゃになっていた。

「面白かった……面白かったよ……私も、そういう家族の元に生まれたかったよぉ……」

一人で泣き沈む千里。

俺はきめせく先生を見た。千里は一人じゃないはずだ。彼女には、不器用だけど、しっかり彼女のことを心配している父親がいる。今からだって遅くはないはずだ。今からだって、家族の絆は取り戻せるはずだ。

しかし——。

「っ……！」

きめせく先生は、伸ばしかけた手を、自分のもう一つの手で止めた。

その苦悩に歪《ゆが》んだ表情を見れば、わかる。

今さら、この俺に何ができる？　今さら父親面してなんになる？　今以上に千里を傷つけてしまうんじゃないか、これ以上、千里を傷つけるくらいなら、俺は二度と千里の前に姿を現さないほうがいいんじゃないか——。

そう後悔しているのが、はっきり見て取れる。

「ひっく、ふぇえ……」

千里は一人で泣き続けるしかない、おそらく母親を失った時と同じように、父親がいなくなってしまった幼い時のように。千里の体が小さいのは、ひょっとすると、彼女の時間もそこで止まったからかもしれなくて。

俺たちには何もできない、これは千里ときめせく先生の家族の話だ。

……少なくとも俺は、そう思ったけれど。

俺の横から飛び出す影があった。

「……！」

美礼が千里を抱きしめている。優しく、温かく、けれど力強く。すべてを包み込むように。

「あ、あ、あ……」

千里はわななき、震えている。思い出してしまったのかもしれない。母親の柔らかさを、母親のぬくもりを。十数年ぶりに。自分を包み込む、慈愛の心を。

その耳元に、優しい言葉がかけられた。

「大丈夫、お母さんは、ここにいるわ」

千里は込み上げた何かを、吐き出すように言った。

「ママっ……」

それはきっと、十数年ぶりに言う言葉。病気で亡《な》くなった母を、病院のベッドで見送った時に言ったのと同じ言葉。しがみついて、涙で濡《ぬ》らして、何度もくり返した子どもの叫び。

「ママっ、ママっ、どこにもいかないでっ、ママぁ！」

そしてきっと、返す言葉も同じなのだ。

「ええ……ママはずっと、あなたと一緒にいるわ」

そして千里は、さらに大声で泣き出した。

俺はきめせく先生の袖を引く。正午は過ぎている。テレビの画面にはランキングの最終結果が出ていた。

俺は負けた。二位だった。

プロアマ問わず、強敵揃《ぞろ》いの激戦で、二位というのは大健闘だろう。しかし書籍化できるのは一位のみ。これでまたデビューはお預けとなってしまった。あれだけ力を入れて、みんなで頑張ったのに、本当に申し訳ない気持ちでいっぱいだ。

ただ、千里には勝てた。

千里は三位だった。

俺は優勝できなかったが、どうやら千里との勝負には勝てたらしい。

なら、賭けの商品を貰《もら》おう。千里には次回作で、家族愛をテーマとしてもらう。そして――。

俺はきめせく先生の背中を押した。

戸惑う先生は、俺に振り向き、不安そうな顔を向けてくる。

俺は力強く頷《うなず》いた。俺が勝ったら、先生には千里に親子として向き合ってもらう約束だった。それを先生も忘れていないはずだ。

「……！」

すると先生も、硬い表情だったけれど、どうにか頷き返してくれた。

そして未《いま》だ泣いている千里に向かう。

それに気づいた千里が顔を上げ、さらに泣きじゃくる。

「パパ、ごめんなさい、パパ……。わたし、負けちゃって……小説の勝負で負けちゃうなんて、パパの子失格だよね……ごめんなさい、ごめんなさい……」

「……そんなことはない」

父は泣きじゃくる娘の頭に手を置き、撫《な》でた。

「よく頑張ったな、千里。さすが――俺の娘だ」

【第一回HIDORAライトノベル大賞】

三位入賞　１７４５票

〈DNA　遺伝子を自己改変して現実無双〉

スティーブ・ノージョブズ

二位入賞　２１２５票

〈母親がエロラノベ大賞受賞して人生詰んだ〉

夏色青空

一位大賞　２１２６票

〈お隣のギャルに養ってもらう簡単なお仕事！〉

貝塚ほら吹き

俺はもう一度ランキングを確認し、大きく息をつく。

一位との差はわずか一票という信じられないほどの大接戦。つまり俺が自分の作品に一票入れていれば、同率一位だったはずで……。

「ハルくん……大丈夫？」

「──ああ、大丈夫だ」

危うく後悔しかけたところで、俺は胸を張った。

俺は俺で、自分が一番面白いと思った作品に一票を入れたのだ。審査に私情を挟んではならないし、後悔してもいけない。これでいいんだ。

「すまん、俺の力不足だ……。せっかく手伝ってくれたのに、申し訳なかった」

「ううん、いいのよ」

「ええ、やるだけのことはやったと、兄様が胸を張って言えるのでしたら」

そりゃもちろんだ。

「こういう時は、すまんじゃなかったな」

俺はすっきりした顔で、微笑《ほほえ》んだ。

「ありがとう、だ」

下ネタばかり言うピンク脳の母親。

お嬢様にして女王様の妹。
そんな二人に振り回されながら、ラノベ作家を目指す少年の物語――。
俺はこんな家族が大好きで、だから、母と妹を、二人を同時に抱きしめる。
「そしてこれからも、よろしくな」
美礼は、うん、と。
美悠羽は、はい、と。
二人とも、優しく、温かく、抱きしめ返してくれたのだった。

エピローグ（※後戯）

朝。およそ二ヶ月ぶりに秋葉原の駅前で待ち合わせすると、またオシャレを決め込んだ凛夏《りんか》は開口一番にこう言った。

「誰が空気ヒロインよ⁉」

「……いや、いきなり何言ってんだおまえ」

意味がわからなかったが、ともかく俺はポケットに手を突っ込んだ状態で先へ促した。

「ほら、行こうぜ。ヘタすると売り切れちまうかもな」

「それはそれで嬉《うれ》しいんだけど、逆だったら悲惨よね……」

「嫌なこと言わないでくれませんかね⁉」

そう、今日は記念すべき日だ。なにせ種付けプレスのデビュー作『ギリ神』の発売日なのだから。

カリン先生の『星屑《ほしくず》』も今日発売で、だから凛夏が一緒に買いに行こうと誘ってきたというわけだ。もちろん、デートじゃないらしい。

だけど、俺はいつか、本当に凜夏とデートできるようになるつもりだ。

早く作家デビューして、格好つけて、告白してやる。

それまで凜夏が待ってくれる保証なんてどこにもないけど、俺は絶対、作家デビューも、凜夏のことも、諦めない。

「ええと、アリメイトでいいよな」

「……ちょ、ちょっと待ちなさいよ」

「ん？」

振り向いてみると、凜夏が顔を真っ赤にしていて、何やら手を差し出してくる。

「……はい、手」

「手？　手がどうした」

「だ、だから！」

凜夏は必死に叫んだ。

「あたしが、手、繋《つな》いであげるって言ってんのよ！」

俺はぽかんとしてから、えええええええええええええええええっと絶叫した。

「どうしたんだおまえ⁉　熱でもあんのか⁉」

「か、勘違いしないでよね！　あんた前に言ってたでしょ、女子と手も繋いだことないって。それじゃ作家としての今後に関《つか》えるから、あたしが同期のよしみで、協力してやってもいいって言ってんのよ！」

「いや、おまえはそれでいいのかよ」

「う、うるさいわね。何よ手を繋ぐぐらい。大騒ぎしすぎよ。……あたしも男子と手を繋ぐの初めてだけど……」

「え、おまえも異性と手を繋いだことねえの⁉」

「なんでこんな時だけ都合良く聞こえてんのよ⁉」

いやそんな怒るなよ……。つまりおまえも取材の一環として異性と手を繋いでみたいってことなんだろ？　そりゃ、互いにウィンウィンかもしれねえけど……本当にいいのか？　初めてが俺なんかで……。

戸惑って頬を掻《か》く俺の前で、凜夏は顔を伏せて何やらぼそぼそと独り言を言う。

「……それに、この前アキバで急用があるってドタキャンしたとき、その埋め合わせしてくれるって言ったでしょ……手くらい、さっさと繋いでくれたっていいじゃない……」

「どうして手を繋ぐことが埋め合わせになるんだ？」

「だからこんな時だけ都合良く聞こえてんじゃないわよ！」

涙目で耳まで赤くして言ってくる。

よくわからないが、とにかく凜夏が手を繋いでくれるらしい。

もちろんめちゃくちゃ嬉しくて、心臓がバックバク鳴ってるんだけど。

でも本当にいいのだろうか。俺は実際は同期受賞者じゃないから、凜夏の言う「同期のよしみで」ってのは間違いなんだ。

それに凜夏は学校一の美少女で、オシャレだし、モテすぎてハブられるほどで。俺なんかとは到底釣り合わないはずなんだけど。今日だって、凄《すご》い可愛《かわい》くて……。

「んっ！」

と凜夏は顔を逸《そ》らしながらも、手だけは突き出してきた。

うっ、指は細くて、柔らかそうで……なんて綺麗《きれい》な手をしてやがる……。

マジで、手を繋いでいいらしい。ほんとにマジかよ。

俺は卑怯《ひきょう》だと思いながらも、汗びっしょりになって、そろそろと手を伸ばしていった。

が……そこでだ。

「ハルく〜〜〜〜ん！」

「げっ」

街の方から美礼《みれい》が、必死の形相で駆け寄ってきた。そして凜夏と繋ぐはずだった手を取り——というか、腕にむしゃぶりついてきて、豊満な胸を押しつけてくる。むにゅう、ぐにゅうって……！

愕然《がくぜん》とする凛夏は、間抜けに口を大きく開けて、出した手が宙を彷徨《さまよ》っていた。

くそ、選《よ》りにもよって凛夏の前で、こんな情けない姿を見せられるか！

「放せ、おい！」

俺は必死に美礼を引きはがそうとするが、

「ハルくん助けてぇ！『ギリ神』買いに行こうとしたら、またコスプレやらされそうになっちゃったのぉ。秋葉原って怖いよお！」

「怖いわけあるか！」

どうしてうちの母親は、こう、行く先々でトラブルに巻き込まれるんだ！

「ふぇーん、ハルくん、お母さんを本屋さんに連れてってぇ。私、ハルくんがいないと何もできなーい」

「──たく、しょうがねえなあ」

俺は頭を抱えるが、こんな状態の美礼を一人にはしておけない。

「悪いな凛夏、うちの母親が同伴になっちまった」

「い、いいの、よ。ハハハ」

凛夏は乾いた平坦《へいたん》な声で応え、

「お、お母様。ラノベ勝負の結果発表の時に、ちょっとだけお会いしましたね。春馬《はるま》くんのクラスメイトの、瀧上《たきがみ》凜夏です」

ぺこりと頭を下げる。っていうかお母様って。ただの女友達にしては畏《かしこ》まりすぎじゃね。

「凜夏ちゃーん、覚えてるわよ。ほら、凜夏ちゃんも一緒に」

「ひゃっ⁉」

美礼が笑顔で凜夏を引き寄せる。凜夏が右で、左が俺で。中心にいる美礼は両手に花のような状態だ。

「しっかり者の二人に挟まれて、これでお母さんも安心ね！」

「……間に割って入って、息子は渡さないって意味⁉」

「いや、普通にこいつが迷子にならないって意味だと思うぞ……」

もうどっちが親かわからねえな、これじゃ。

俺たちは三人連なって歩を進めていたら、ふと見知った顔に出くわした。

「グッモーニン、種付けプレスにカリン。それと種付けプレスのおかん。『最近注目している国はインド』千里《せんり》えびでんすとは、うちのことや」

「朝っぱらから解号とかいらないんで。意識高すぎるのもキツいんで」

「キツいってなんやねん！　そりゃ甘えとちゃうんか！」

相変わらずギャーギャーうるせえな、この人も……。俺の周りにはこういう女しかいねえのかよ。

しかし千里は一人ではなかった。今日はもう一人と一緒に歩いている。

「それにしても奇遇だな、種付けプレス。『二度と忘れられない夜を君と一緒に──』きめせくだ」

「だから解号とかいらねえって！」

一方で凜夏は「ま、また同伴者が増えた……」と何やら苦悩している。

美礼はニッコリ微笑《ほほえ》んで、

「仲よさそうね、二人とも」

するとと千里ときめせくは、ふふっと笑った。そしてきめせくが言った。

「家族サービス中だ」

ありがとう、種付けプレス──。二人の目がそう言っていた。おまえのおかげだと。

いや、俺なんて、ほとんど何もしてないんだけどな。掛け違っていたボタンを、ちょっと元に戻しただけで。

「そうっすか」

親子二人は、とても幸せそうだったが、

「決してそれ以上でも以下でもないぞ⁉　俺たちはあくまでも親子なんだからな！」

「どういう意味だよ⁉」

これちょっと千里さん、気をつけたほうがいいんじゃないの。あんたのダメ親父《おやじ》、娘のこと好きすぎてヤバそうなんですけど。

「――種付けプレス」

千里は真面目な声を出した。呼ばれて俺と美礼が同時に『はい？』と応えてしまって、俺は美礼を睨《にら》んだ。美礼はアッとして「なんでもないわ！　私はただのお母さんなのよ！作家じゃないのよ！」と慌てて顔を逸らした。

「なんすか、千里さん」

「今回は確かに私の負けだけど……それは、私があんたに負けたんじゃないからね。あんたの家族に負けたの」

「……わかってますよ」

あの物語は、俺の物語じゃない。俺たちの物語だった。だから千里に勝てたのは、俺の手柄ってわけじゃないんだ。霜村《しもむら》家みんなの勝利なんだ。俺一人だったら、決して千里には勝てなかっただろう。

「だけど、次は負けない」

千里は不敵に笑って、

「次は——私も家族で勝負だから！」

そうしてきめせく先生に寄りかかり、きめせく先生もまた、そんな娘の頭を愛《いと》おしそうに抱きしめた。

「種付けプレス……最強の親子とはおまえらのことではない、俺たちのことさ」

それは強敵だ。ラノベの神と、その寵愛《ちょうあい》を一身に受ける一人娘。これほど強力なコンビはないかもしれない。もう一度勝負すれば、足下にも及ばないかもしれない。

だけど——。

「負けないわ」

俺じゃなく、俺の母が言った。

「百回でも、二百回でも、何度だって返り討ちにしてあげますから！」

力強い言葉だった。ラノベの神とその一人娘に、ここまで啖呵《たんか》が切れるやつなんて、相当のバカか、相当の天才だろう。そしてきっと、美礼はその両方で、誰よりもまた、家族の絆《きずな》を信じている。

「っていうわけなんで、どうやら勝つのは、うちらしいですよ」

俺が苦笑して言うと、ライバルの二人も笑った。

「ええ度胸や！　首洗って待っときぃや！」

「くくっ、残念だったな、種付けプレス……貴様が我が愛娘《まなむすめ》とベッドインし、種付けプレスをぶちかますのは、まだ当分は先のことというわけだ！　ふぁーはっはっはっは！」

「ちょっとパパっ⁉　何言ってんの⁉」

千里は顔を真っ赤にして、しおらくなって、涙目でこちらをチラチラ見てきた。

「あのね、種付けプレス、今のはね、そのね、パパが勝手にね、その……」

もじもじして、千里は何か言いたげだが、恥ずかしくて言えないようだ。

一方で凜夏がまた愕然として、「ら、ライバルが……」と何やら苦悩している。

「娘はやらん！　娘はやらんぞぉぉおおおおおおおおっ！」

きめせく先生は千里の手を引っ張り、爆走していく。

「またねー種付けプレスー！」

小さくなっていきながら、千里が大きく手を振ったのだった。

「前見てねえと危ねーぞおい」

それと、公の場で際《きわ》どい単語を大声で叫ばないでくれますかね。種付けプレスって。

やれやれ、あちらも大概、騒がしい親子だったな。だが、

「ライバル出現ね、ハルくん」

「ああ、高すぎるハードルだけどよ」

家族勝負、か……。ひょっとすると、向こうは日本一の親子かもしれなくて、今の俺たちでは到底、敵《かな》わないかもしれないけれど。

俺は大きく一歩を踏み出して、前へと進んだ。

「次も絶対に、ぶっ倒してやろうぜ」

「うんっ、あなたとお母さんなら、きっとできる！」

朝の爽やかな風が吹き抜けた。

もうすぐ夏だ。俺は空を見上げた。

そうして俺たちは、今度こそ新しい一日を始めたのだった。……凛夏が「あたしを置いていかないでよお！」と数歩遅れて追いかけてくる。

そして俺たちは秋葉原のアリメイトへと足を運んだ。大型デパートの一角にある。

デパート自体は開いていたが、三階にあるアリメイトはまだ閉め切られたままだった。

しかし多くの人が詰めかけており、開店ダッシュでも始めるのかとそわそわした雰囲気がある。

「み、みんな私たちの作品が目当てなのかしら……⁉」

「ま、まさかですよお母様……！　そんなことって……！」

作家として自分の作品が本屋に並んでいるのを見るのは、きっと感慨深いものなのだろう。両隣の美礼と凛夏がドキドキしているのが伝わってくる。

俺はあくまでも代理人という立場ではあるけれど、それでも母親や凛夏の作品が書店に置かれているのは特別な思いがする。妹の美悠羽《みゆは》がイラスト担当ってこともあるしな。

しかしそんな俺たちの思いを乱暴になぎ払うように、店頭にはとてもインパクトのあるものが設置されていた。

「みんな、アレが目当てなんだろ」

それは、何百冊もの書籍を複雑に積み上げて作られたタワーだった。大人気作家の久々の新作が刊行される際などに、書店員さんがやるパフォーマンスの一つだ。

「すっげぇよな……。誰かベテラン作家の作品が、今日発売だったのかよ」

「あんなのと一緒じゃ、あたしたちの作品、全然目立たないじゃないの」

俺も凛夏も圧倒されてしまったが、美礼だけが「あら？」と小首を傾《かし》げていた。

「ちょっと待って。あの作品って……」

そこで書店員さんが出てきた。メガホン片手に、盛大にPRを始める。

「みなさーん、ご注目～～～～っ‼　業界ナンバーワン！　オールジャンル新人賞の大賞受賞作、今回は傑作中の傑作、大傑作でございま〜〜〜〜〜っす‼」

うおおおおおおおおおおおおっ！

いきなりの歓声に、俺たちはたじろいだ。

「な、なんだよ、この異様な盛り上がりは⁉」

「どういうことなの⁉」

戸惑う俺たちに、近くのおじさんが声をかけてきた。

「知らねえのか？　今回のオールジャンル新人賞受賞作は、二作品ともな、予約が殺到して前日重版されたんだよ。今店にある初版は絶対プレミアがつくんだ！」

「ぜ、前日重版……⁉　そんなことが⁉」

かろうじて当日重版なら聞いたことがあるが、前日にって、そんなことあり得るのか⁉

「本ってのは売り出される前に、各書店員や批評家がまず読んで、その感想を基にどれだけ卸すのかが決められるんだ。それで今回の『ギリ神』と『星屑《ほしくず》』は最高評価！　誰もが大満足って史上初の結果に、現在進行形でSNSでもバズりまくってんだぜ！」

「そ、そうだったんすか……⁉」

あまりSNSをやらない俺たちは、ただ驚く他なかった。編集部も想定以上の状況に忙殺されて、こちらに連絡してくるのが遅くなっているのかもしれない。

とおじさんは続けた。

「あの辛口批評でお馴染《なじ》みのきめせくと千里えびでんすが、二人揃《そろ》って大絶賛してるってのも大きいんだよな！」

「それに」

「……！」

もう、俺たちには言葉もなかった。

十六歳、高校二年生男子。ペンネームは『種付けプレス』。息子と母親の情熱的かつ屈折した親子愛を巧みに描いた傑作『ギリシャ神話よりかくあれかし』で鮮烈デビューを飾る、か……。

まったく、マジで、とんでもねえ業を背負っちまったもんだ……！

書店員さんがメガホンで怒鳴る。

「転売対策のため、お一人様五冊までとさせていただきます！　それではアリメイト、開店ですぅうううう！」

うおおおおおおおおおおおおおおおおおおおおおおおおおおおっっ‼

お祭り騒ぎで人々が殺到していく。

俺たちは揉《も》みくちゃにされながら、とにかく安全のためにと人混みを避けて、店内の隅のほうに移動した。

「まさかこんなことになるなんて……」

俺は唖然《あぜん》とするしかない。

書店員さんが丹精を込めて作り上げたタワーが、見る見る間に崩されていく。

「俺は五冊！」

「わたしも五冊で！」

まるで市場の叩《たた》き売《う》りのような勢いだ。

「し、霜村……これ見て」

凜夏がスマホの画面を見せてくる。ツイッターらしい。

「電子書籍で先に読んだ人たちのつぶやき！　もの凄《すご》い絶賛の嵐なんだけど！」

――『母親キャラが最高にキュート！　この作品に出会えただけでもう死んでもいい！』

――『「星屑」のほうもめっちゃ泣けるよ～～』

――『泣いた。そしてヌいた。』

――『「ギリ神」最高。神作品すぎる』

どんどんつぶやきが増加していっている！　どんだけ話題になってんだよ⁉

しんっじらんねえけど、どうやら現実らしい。元々オールジャンル新人賞は最大手だし、今回は受賞者が二人とも高校生で、さらに人気イラストレーター・性なる三角痴態の話題性もあった。かなり注目が集まるとは想定してはいたけども、まさかここまで⁉

そこで俺のスマホが震えた。担当編集の花垣《はながき》からの電話だ。

『種付け先生ですかぁ⁉　すみませーん、今編集部も大忙しでしてぇ！　ひょっとしたら前日重版の話もすでに聞いているかもしれませんけど、当日重版も決まりましたぁ！　おめでとうございまぁーす。っていうか、印刷所の生産が追いつかないかもしれなくてですねぇー』

なっ……⁉　マジでどんだけだよ⁉

「ハルくぅ――――――んっっ‼」

美礼が興奮のあまり、俺の肩を摑《つか》んでガクガクに揺すってくる。

「凄い凄い！　私たちの物語が、こんなにたくさんの人に読まれちゃってるぅ！　お母さんとハルくんのあんなことやこんなこと、みんなに知られちゃったよお！」

「フィクションと現実ごっちゃにするなよ⁉」

と、そのときだった。耳ざとく聞きつけたお客さんがいた。

「え、私たちの物語……⁉　そう言えばこの『ギリ神』のお母さんと息子のキャラデザ、あそこにいる二人とめちゃくちゃ似てる……⁉」

　ぎくっ、とする俺たちだったが、
　えぇっ⁉　と動揺が波のように広がっていた。

「うわ、本当にそっくりだ！」

「他人のそら似じゃねえよな⁉　ってことは――」

「モデルになった二人……いや、作者か⁉　まさかの作者降臨か⁉」

「『ギリ神』の作者は高校生男子って宣伝されてたよな⁉　ってことはあれが――」

　うおおおおおおおおおおおおおおおおおおおおおおっ‼

　人だかりがこっちに来た⁉　あっという間に壁際《かべぎわ》にまで詰め寄られてしまう！

「サインください！」「格好いい――いややっぱ微妙だったわ！」「こっちお母さん⁉　本物⁉」「わけー！」「すげー美人‼」「こっちの女子高生はもしかして『星屑』の作者⁉」

「うっそ、めっちゃ美少女やんけ！」「サインサインサイン！」

　大勢が詰め寄り、サインをねだってきたり、スマホで写真を撮られたりしてる⁉

　みんな目がキラキラしてるんだけど、なんか怖《こえ》え⁉　めっちゃ怖え⁉

「ふぇーん、ハルくーん。お母さん怖いよお」

「ちょっと霜村！　どうにかしなさいよね！」

「できるわきゃねえだろ⁉」

人が詰まりすぎてアリメイトのスペースから溢《あふ》れ出《で》て、通路を通りがかった人までが、こちらに注目してくる。——だけどそれがマズかった。

「え、あれって同じクラスの霜村じゃね？」

げっ⁉ なんでこんなところにクラスメイトが⁉

「ええっ、あいつの小説が売られてる⁉ なに霜村のやつ、作家になったの⁉ すげーじゃん！ どんな作品で⁉ ペンネームは何⁉」

うわあああああああああ‼ 最悪だぁぁあああっ⁉ 学校バレぇぇあああああっ‼

そして他にも見知った顔が。

「あらぁ？ あれってご近所の霜村さんよねえ？」

あああ！ あれは町内会のおばさん⁉ なんでこんなところに⁉

「えっ⁉ 息子さんが作家デビュー⁉ 凄い！ どんな作品で⁉ ペンネームは何⁉」

いやぁぁあああっ！ ご近所バレぇぇえああああああっ⁉

頭が爆発しそうな大混乱だ。まさか、一瞬のうちにバレまくるなんて……！ 世紀のマザコン作家って思われて……！ くそお、本当はただの代理なのに……！

今やアリメイトはお祭り騒ぎで、百人を優に超える人々が密に詰めかけて大変なことになっていた。

圧倒されるような喧噪《けんそう》！　燃え上がるような熱気！

もはやライブ会場のような様相を呈し、三ヶ月前のあの授賞式もかくやといった、大歓声が鳴り響く。

『たーねーつけ！　たーねーつけ！』

……やはり、俺の人生は詰んでいた。

了

あとがき

初めまして、夏色青空《なついろあおぞら》と申します。自分で言うのもなんですが、爽快感と青春を感じさせる素敵なペンネームですよね。実際はヒキオタなんですけど。

出身はいわゆる修羅の国でして、顔が怖いらしく、ある占い師の方からは「数百万人に一人、歴史に名が残る大犯罪者の顔の相が出ている」とドン引きされ、数少ない知り合いからも「知り合いじゃなかったら道を譲る」と真面目に言われますが、安心してください、ヒキオタです。

そして！　そんな恋愛とは縁遠かった僕が、初めて書いた現代ラブコメが本作です！

（いいのか、これ？）

第33回ファンタジア大賞にて、栄えある銀賞をいただきました。今でも信じられません。

初稿を書いたのはおよそ三年前の冬でした。『母親もの×ラブコメ』というコンセプトのもとに、ほとんど勢いだけで二週間で書きました。自分では面白いかどうかよくわからず、ずっと眠らせていたのですが……人生、何が起きるかわかりませんね。

拾い上げてくれた下読みの方、二次予選以降の審査員の方々にも、心よりお礼申し上げます。本作の可能性を信じていただき、感謝の念に堪えません。

最終選考委員の細音啓《さざねけい》様、橘公司《たちばなこうし》様、羊太郎《ひつじたろう》様、普段から楽しませてもらっている素晴らしい作品の作者様であり、そんな皆様を送り出している編集長様に審査していただいて、畏れ多く、また感激でもあります。受賞、本当に本当に本当にありがとうございます。

そして担当編集様、初稿では至らないところばかりであった本作が、ここまで面白く改稿できたのは、あなた様の丁寧で鋭い導きのおかげです。超有能編集が担当になり、僕は本当に恵まれていると思います。ありがとうございます。

美少女イラストの神・米白粕《こめしろかす》様。最初紹介されたときは、これほど有名で素晴らしいイラストレーターがつくとは信じられず、断られるんじゃないかと眠れない日々を過ごしておりました。僕の想像を遥《はる》かに超える可愛《かわい》いキャラたちを、ありがとうございます。

それからデザイン、校正、印刷、流通宣伝、広告、販売など、本書が世に出るまでにお世話になった様々な方に、厚く、お礼を申し上げます。

何より、本書を手に取ってくれたあなたに、最上の感謝を。

二〇二〇年　冬の始まりの日に　夏色青空

お便りはこちらまで

〒一〇二－八一七七
ファンタジア文庫編集部気付
夏色青空（様）宛
米白粕（様）宛

富士見ファンタジア文庫

母親《ははおや》がエロラノベ大賞《たいしょう》受賞《じゅしょう》して人生《じんせい》詰《つ》んだ

せめて息子《むすこ》のラブコメにまざらないでください

令和３年１月20日　初版発行

著者――夏色青空《なついろあおぞら》

発行者――青柳昌行

発　行――株式会社KADOKAWA
〒102-8177
東京都千代田区富士見2-13-3
0570-002-301（ナビダイヤル）

印刷所――株式会社暁印刷

製本所――株式会社ビルディング・ブックセンター

※定価はカバーに表示してあります。
●お問い合わせ
https://www.kadokawa.co.jp/（「お問い合わせ」へお進みください）
※内容によっては、お答えできない場合があります。
※サポートは日本国内のみとさせていただきます。
※Japanese text only

ISBN978-4-04-073961-8 C0193　◇◇◇

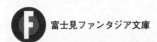